Sou um desastre com as mulheres

Justin Halpern

Sou um desastre com as mulheres

SEXTANTE

Nomes e características que identificam algumas das pessoas retratadas neste livro foram alterados para proteger sua privacidade. Qualquer semelhança é mera coincidência.

Título original: *I Suck at Girls*

Copyright © 2012 por Justin Halpern
Copyright da tradução © 2012 por GMT Editores Ltda.
Todos os direitos reservados. Nenhuma parte deste livro pode ser utilizada ou reproduzida sob quaisquer meios existentes sem autorização por escrito dos editores.

tradução: Livia de Almeida
preparo de originais: Rafaella Lemos
revisão: Cristiane Pacanowski e Milena Vargas
projeto gráfico e diagramação: Ana Paula Daudt Brandão
capa: Raul Fernandes
impressão e acabamento: Lis Gráfica e Editora Ltda.

CIP-BRASIL. CATALOGAÇÃO-NA-FONTE
SINDICATO NACIONAL DOS EDITORES DE LIVROS, RJ

H184e Halpern, Justin, 1980-
Sou um desastre com as mulheres / Justin Halpern [tradução de Livia de Almeida]; Rio de Janeiro: Sextante, 2012.
176p.; 14x21 cm

Tradução de: I suck at girls
ISBN 978-85-7542-856-6

1. Halpern, Justin, 1980- – Relações com mulheres. 2. Escritores americanos – Séc. XXI – Biografia. 3. Humoristas americanos – Séc. XXI – Biografia. 4. Adolescentes – Estados Unidos – Humor, sátira, etc. 5. Relações humanas em adolescentes – Humor, sátira, etc. 6. Humorismo americano. I. Título.

12-6365

CDD: 818
CDU: 821.111(73)-84

Todos os direitos reservados, no Brasil, por
GMT Editores Ltda.
Rua Voluntários da Pátria, 45 – Gr. 1.404 – Botafogo
22270-000 – Rio de Janeiro – RJ
Tel.: (21) 2538-4100 – Fax: (21) 2286-9244
E-mail: atendimento@esextante.com.br
www.sextante.com.br

Para Amanda

SUMÁRIO

Você poderia estar casado e feliz com 150 milhões
de mulheres diferentes 9

Gosto disso 19

Quando você se casar, sua mulher vai ver o seu pênis 28

Você nunca vai transar com uma mulher como essa! 35

Às vezes você precisa ser empurrado de um trampolim 52

Poderia me passar a garrafa de licor de menta,
por favor? 71

Você é bom para ficar sentado 85

Um homem de verdade toma umas doses e depois
esfrega alguns pratos 108

Dê o analgésico para o coelho 124

Prefiro não vê-lo numa sexta-feira à noite 138

Não me obrigue a ir morar na sua terra da fantasia 148

Você sabe o que faz de alguém um cientista de merda? 161

Agradecimentos 172

VOCÊ PODERIA ESTAR CASADO
E FELIZ COM 150 MILHÕES
DE MULHERES DIFERENTES

Em maio de 2008, após levar um fora da garota que eu namorava havia três anos, voltei a morar na casa dos meus pais. Depois de me dar tapinhas nas costas e recomendar que eu não deixasse o quarto "parecendo que foi usado numa suruba", meu pai, um aposentado de 73 anos, logo começou a me tratar como se eu fosse seu parceiro de conversas em tempo integral, a famosa parede na qual ele podia lançar seus comentários e ver o que colava.

Um dia resolvi registrar as coisas absurdas que saíam de sua boca numa conta de Twitter chamada *Shit My Dad Says*. O que começou como uma tentativa de desviar minha atenção da dor de cotovelo e arrancar risadas de alguns amigos se transformou numa verdadeira bola de neve. Em menos de dois meses passei a ter mais de meio milhão de seguidores e assinei um contrato para publicar um livro por uma grande editora e outro para escrever roteiros de uma série de tevê. Isso se torna ainda mais ridículo quando se leva em consideração que tudo aconteceu simplesmente porque resolvi reproduzir as coisas que meu pai dizia. Não eram sequer minhas próprias palavras. Dizer que eu tive "sorte" não seria totalmente correto. Encontrar a carteira depois de esquecê-la num bar lotado é um golpe de sorte. Obter um contrato para um livro e um programa de televisão depois de escrever menos de 5 mil palavras é um nível de sorte reservado a quem sobrevive a desastres aéreos ou descobre que é um irmão perdido da Oprah, separado da família na tenra infância.

Mas nada disso teria acontecido se minha namorada, Amanda, não tivesse terminado comigo. Se eu não tivesse levado um fora, nunca teria voltado para casa. Se não tivesse voltado para casa, não teria começado a registrar as besteiras que meu pai diz. E se não tivesse começado a fazer isso, eu provavelmente ainda estaria na biblioteca pública, bem do lado de um mendigo – como estou agora –, mas não estaria escrevendo um livro. Estaria roubando rolos de papel higiênico, porque não teria condições de comprá-los.

Alguns meses depois de voltar para casa, antes mesmo de começar a conta no Twitter, Amanda telefonou e disse que queria almoçar comigo e conversar. Era a primeira vez que nos falávamos desde a separação, e eu não tinha certeza de como me sentiria ao revê-la. Namoramos durante quase três anos e, embora chamar alguém de "A Pessoa" faça com que ela pareça ter sido escolhida para liderar uma rebelião contra um perverso tirano das galáxias, eu realmente pensava que Amanda era a mulher com quem eu queria passar o resto da vida.

Precisei desses dois meses longe dela apenas para voltar a me sentir normal. Por isso, era assustadora a ideia de vê-la naquele momento. A sensação de encontrar com uma ex-namorada é bem parecida com a de rever os piores momentos de seu time do coração em derrotas no campeonato nacional: só de olhar parece que você recebeu um soco no estômago e você se lembra de como ficou arrasado quando tudo aconteceu.

Depois que Amanda desligou, saltei do colchão de ar no chão do quarto e fui até o escritório do meu pai. Contei a ele que Amanda queria conversar e perguntei o que ele achava, pois eu não sabia muito bem o que fazer.

– Você não é perfeito – disse ele, enquanto girava a cadeira, afastando-se de mim, de volta para a mesa onde escrevia.

– Como assim? Eu não falei nada sobre perfeição. Só queria saber o que você achava – falei, oscilando de um pé para o outro, na porta.

Ele girou a cadeira em minha direção.

– É o que eu acho. Acho que você não é perfeito.

Eu disse que não fazia a mínima ideia do que ele estava falando, mas que, com certeza, aquilo não tinha nada a ver com o que eu havia perguntado.

– Os seres humanos fazem cagadas. Você faz. Ela faz. Todo mundo faz. Então, de tempos em tempos, há um momento em que não fazemos cagadas, e aí nos esquecemos de todas as merdas que já fizemos. Por isso, o que estou lhe dizendo é: não faça ou deixe de fazer alguma coisa só porque deseja punir alguém que você acha que fez alguma cagada. Faça o que você quiser, mas porque é o que quer fazer. Agora, pegue uma laranja na cozinha e um pouco de sal e pimenta também.

Decidi almoçar com Amanda.

$$\ast\ast\ast$$

Um ano depois, sentei-me diante de meu pai no Pizza Nova, um pequeno restaurante no porto de San Diego.

– Tenho grandes notícias – falei, mal contendo um sorriso.

– Você está com problemas. É dinheiro? É dinheiro... – disse ele.

– O quê? Não. Por que eu diria "tenho grandes notícias" se fosse alguma coisa ruim?

– "Tenho grandes notícias. Matei um cara a tiros." Veja só, isso seria uma grande notícia para contar – disse ele.

– As pessoas não falam assim.

– Ah, esqueci. Você é escritor. Sabe como todo mundo fala na porra deste planeta – respondeu ele.

Não é possível ter uma conversa com meu pai. É preciso deixá-lo conduzir, berrar instruções para ele quando há chance e aguardar até que, se Deus quiser, seja possível chegar em segurança ao destino que se desejava alcançar. E é ainda pior quando ele está com fome, o que era o caso.

– Tudo bem, então. Não tenho grandes e *más* notícias. Tenho grandes e *boas* notícias – afirmei, com mais cuidado.

– Manda bala – disse ele, enquanto examinava o cardápio.

– Vou pedir Amanda em casamento – declarei.

Finalmente pronunciei aquelas palavras em voz alta para outro ser humano. Eu tinha tirado um peso gigantesco de meus ombros.

– Bom para você. Acho que vou pedir a salada de alface-romana e agrião. Sei que sempre escolho essa opção, mas ela é tão gostosa... e qual é o problema, não é? – ponderou.

Meu pai não é um sujeito muito emotivo, mas eu esperava uma reação mais intensa do que a que eu obteria se contasse a alguém que acabara de ganhar ingressos para um festival de rock. Esperei alguns instantes, na esperança de que ele talvez tivesse algo mais a dizer.

– Sabe do que mais? Vou pedir uma pizza – disse ele, voltando a pegar o cardápio.

Brinquei com o canudo no meu copo de chá gelado, tentando descobrir um jeito de retomar o assunto. Ele era a primeira pessoa a quem eu revelava meu plano, e eu estava determinado a obter uma reação à altura dos meus sentimentos.

– Então, é isso... Vou pedir a mão dela. E aí vamos nos casar. Estou mesmo muito empolgado! – exclamei.

– Beleza – disse ele, o rosto escondido pelo cardápio.

– Pai, estou contando que vou me casar. Achei que você ficaria mais animado. É um momento muito importante para mim.

Meu pai abaixou o cardápio, revelando o mesmo olhar indiferente que exibiu o tempo todo quando assistiu a *Jogo de amor em Las Vegas*, com Ashton Kutcher, que mamãe alugara.

– Filho, é *assim* que eu demonstro animação. Não sei o que você quer de mim. Fico feliz por você e Amanda, e gosto muito dos dois, mas não é uma surpresa. Vocês já namoram há quatro anos. Não é como se você tivesse acabado de descobrir a porra de um universo paralelo – comentou ele, antes de chamar a garçonete, que se aproximou para anotar os pedidos.

Ele tinha razão. *Não* era uma surpresa. E eu deveria ter previsto isso. Amo meu pai profundamente, mas se eu estava à procura de alguém que desse pulinhos de alegria, por que havia escolhido falar justo com o homem que disse que minha formatura do sexto ano tinha sido "um pé no saco"?

– Você tem aquilo que nós, médicos, chamamos de esfíncter tenso – declarou meu pai.

– O quê?

– Um cu apertado. Você está nervoso, por isso está jogando conversa fora. Estou velho e morrendo de fome. Então pare de enrolar e diga logo o que você quer, filho.

No dia anterior, eu havia comprado um anel de noivado em uma pequena joalheria em La Jolla, na Califórnia, e até aquele momento não tinha me sentido nem um pouco apreensivo com a ideia de me casar. Mas, então, depois de pagar o sinal e segurar a aliança, tive uma lembrança: eu, aos 9 anos, engatinhando no canto do banheiro com as calças arriadas até o tornozelo, tentando mijar dentro de um balão. Eu planejava jogar o balão cheio de xixi em meus irmãos como vingança por terem implicado comigo. Aí, de repente, a porta se abriu revelando meu pai. Fiquei paralisado de medo, com o balão preso nas minhas partes íntimas. Papai encarou-me em silêncio por um momento e falou:

– Em primeiro lugar, você não pode encher um balão dessa forma, seu idiota. Em segundo, a vida é longa pra cacete, ainda mais quando se é estúpido.

Aquela frase passou a ser pronunciada por ele com frequência; foi uma das que ouvi muitas vezes durante a vida. Segurar aquela aliança de noivado me fizera pensar em como minha vida já parecia longa e em quanta estupidez eu já cometera. Pela primeira vez, passou pela minha cabeça que talvez eu não soubesse bem o que estava fazendo.

E era por isso que, depois de tantos anos, eu procurava meu pai para pedir conselhos.

– Você gosta mesmo da Amanda – eu disse a ele, sem saber muito bem se estava fazendo uma afirmação ou uma pergunta.

– Quer dizer, a gente não esteve junto numa trincheira atirando contra a porra dos alemães, mas, pelo que conheço da Amanda, sim, gosto muito dela. Mas quem liga para isso? – retrucou ele.

– Eu ligo.

– Porra nenhuma. Você não dá a mínima, e sabe por quê? – indagou, inclinando a cabeça e erguendo uma sobrancelha.

– Por quê?

– Porque ninguém na história dos relacionamentos jamais deu a mínima para o que os *outros* acham, até que eles tenham terminado – concluiu. – Isso, sim, é uma pizza! Muito obrigado, senhora – disse, agradecendo à garçonete que entregava nossos pratos.

– Bem, é uma decisão importante – falei. – Por isso estou tentando avaliá-la por todos os ângulos. Só quero ter certeza de que não estou cometendo um erro... de que não vou estragar a vida dela ou a minha, sabe? Acho que é bem normal pensar assim – expliquei, sentindo-me de repente constrangido e na defensiva.

– A maioria das pessoas é estúpida. Nada parece ser um erro até se tornar um erro. Se você fica diante de uma cerca eletrificada e põe o pinto para fora para dar uma mijada, não há dúvidas de que está prestes a cometer um erro. Fora isso, em geral não há como saber.

Recostei-me, silenciosamente satisfeito pelo fato de meu pai ainda se lembrar de um episódio ocorrido 25 anos antes, quando meu irmão urinou na cerca elétrica de nosso vizinho, e usá-lo como exemplo do que seria um erro.

Em meio às vorazes mordidas na pizza, meu pai reparou que eu não havia ficado satisfeito com sua reação, então limpou a boca e disse:

– Tudo bem. Vou lhe dizer duas coisas. Mas nenhuma delas é um conselho, tudo bem? Conselho é uma merda. É só a opinião de algum babaca.

– Está certo – respondi.

– Em primeiro lugar e acima de tudo, sou um cientista – esclareceu ele, pigarreando.

– Concordo.

– Não estou nem aí se você concorda. Isso não está em discussão. Estou lhe *dizendo*: em primeiro lugar e acima de tudo, sou um cientista. E, como tal, não posso deixar de pensar nas coisas de forma crítica. Às vezes isso pode ser uma maldição. O que eu não daria para, de vez em quando, ser um completo panaca saltitando pela vida todo cagado, como se tudo fosse uma maldita festa.

Salpiquei pimenta calabresa sobre a minha pizza de frango, recostei-me novamente e ouvi.

– Assim, do ponto de vista científico, o casamento se resume ao seguinte: existem seis bilhões de pessoas no planeta. Digamos que metade é de mulheres. Agora, levando em conta faixa etária e tudo mais, mesmo que você fosse exigente...

– Sou exigente – interrompi.

– Estou falando de uma forma geral, e não especificamente sobre você. O mundo não gira em torno de você. Coma a porra da sua pizza e escute.

Ele esperou em silêncio até que eu pegasse uma fatia e a enfiasse na boca.

– Tudo bem, mesmo que fosse exigente, você poderia, muito provavelmente, estar casado e feliz com 150 milhões de mulheres diferentes – disse ele.

Aquilo era surpreendente. Meus pais estavam casados havia 32 anos, e ele adorava minha mãe. Não se incomodava de dizer para a gente que ela vinha em primeiro lugar. Certa vez, quando eu tinha uns 6 anos, papai pousou na mesa um artigo científico que estava lendo durante o café da manhã. Havia um asteroide gigante na capa. Ele olhou para mim e para meus irmãos e disse:

– Se um asteroide atingisse a Terra, houvesse um holocausto nuclear e o ar ainda servisse para respirar (o que eu duvido que aconteça), eu ficaria bem se eu e sua mãe fôssemos as últimas pessoas vivas no planeta.

– E a gente? – perguntou meu irmão Evan.

– Bem, eu não ia superar tudo assim, de uma hora para outra. Haveria um período de luto, é óbvio. Não sou um babaca – respondeu meu pai, antes de soltar uma sonora gargalhada.

Meu pai ama minha mãe como se tivesse uma necessidade biológica de estar junto dela. Por isso, ouvi-lo dizer de modo tão casual que qualquer um poderia ser feliz casado com uma entre 150 milhões de mulheres parecia incoerente com seu próprio exemplo de vida.

– Você não leva isso a sério. Sei que não acha que poderia sentir o mesmo que sente por mamãe com outra pessoa – comentei.

– Eu falei que tinha duas coisas para lhe dizer. Pois bem, *do ponto de vista científico*, é assim que funciona. Mas somos animais complexos em constante transformação. As coisas que eu pensava há 10 anos agora parecem uma babaquice. Assim, não existe fórmula científica para prever como a relação será, porque o primeiro ano de um casamento é completamente diferente do décimo ano. Por isso, quando se trata de algo incrivelmente imprevisível como os seres humanos, números e fórmulas não querem dizer porra nenhuma. O melhor que se pode fazer é pegar todas as informações e, do ponto de vista científico, fazer o quê? – perguntou ele, me encarando, aguardando uma resposta.

16

– Hum... Não sei – respondi, sem saber se aquela era uma pergunta retórica.

– Para poupar seu tempo, eu deveria comprar para você uma tabuleta em que estivesse escrito "Não sei". O melhor a fazer é chutar uma resposta, meu filho. Vou lhe dizer o que eu fiz antes de pedir sua mãe em casamento: tirei o dia de folga, sentei-me e pensei em todas as coisas que havia aprendido sobre mim mesmo e sobre as mulheres até aquele momento. Não fiz mais nada, só fiquei lá sentado, pensando. Talvez também tenha fumado um baseado. De qualquer maneira, no fim das contas, examinei tudo o que tinha passado na minha cabeça e me perguntei se ainda queria pedir sua mãe em casamento. E eu queria. Então é isso o que eu, humildemente, lhe sugiro fazer. A não ser que, por algum motivo, você se ache mais esperto do que eu, o que, considerando sua parte da herança genética, me parece improvável – disse ele, rindo, enquanto recostava-se e dava um grande gole em sua Coca-Cola diet.

Paguei a conta e deixei papai em casa.

Eu planejara pedir Amanda em casamento no dia seguinte.

Reservara meu assento no voo para São Francisco e tinha combinado com sua melhor amiga que ela a levaria para o brunch num restaurante, onde eu estaria esperando para surpreendê-la e fazer o pedido. Ao deixar meu pai em casa, eu tinha exatamente 24 horas até o momento em que deveria me encontrar com Amanda. Entrei no meu carro e dirigi até o Parque Balboa, no centro de San Diego. Ao chegar no estacionamento, saí do veículo e comecei a perambular sem rumo. Ali, sob as sombras das grandes construções espanholas que abrigavam a maioria dos museus de San Diego, passei o dia inteiro fazendo o que meu pai havia sugerido. Pensei em tudo o que eu conseguia me lembrar e revivi todos os momentos que me ensinaram alguma coisa sobre as mulheres e sobre mim mesmo, desde meu jeito estranho na infância às atribulações da adolescência e do início da maturidade, na esperança de que, antes do fim do dia, eu soubesse que a decisão que estava a ponto de tomar era, no mínimo, um chute muito bem dado.

GOSTO DISSO

O primeiro dia de aula é uma data importante por muitas razões – principalmente porque é quando os alunos descobrem onde ficarão sentados durante sete horas por dia nos nove meses seguintes. Uma opção infeliz pode condenar a vida social de um jovem pelo resto do ano. Três semanas antes de entrar no segundo ano, minha professora, Sra. Vanguard, uma mulher esguia com seus 50 anos e um corte de cabelo que a deixava parecida com George Washington, mandou aos pais dos alunos uma carta anunciando que os lugares em sala seriam determinados por ordem de chegada. Imagine o estouro da boiada no início de uma megaliquidação destinada exclusivamente a garotos de 7 anos. A cena seria exatamente a mesma.

– Quero chegar às seis da manhã – anunciei para meus pais na cozinha, na véspera do início das aulas.

– Seis *da manhã*? Você por acaso está tomando conta da porcaria de uma fazenda de gado leiteiro? Não. Não vai dar – decretou meu pai.

Lembrei o que meu amigo Jeremy dissera naquela tarde. Ele planejava ser o primeiro da fila, ao amanhecer, para garantir que conseguiria o melhor lugar. Comecei a entrar em pânico.

Mamãe olhou para mim com compaixão.

– Vamos levá-lo o mais cedo possível, mas você precisa vestir uma calça para jantar. – Na ocasião eu usava apenas uma cueca dos Transformers e uma camiseta desbotada.

Na manhã seguinte, quando meu pai me acordou como costumava fazer nos dias de semana – arrancando as cobertas e jogando-as no chão enquanto cantarolava bem alto "A cavalgada das Valquírias" –, saí correndo e olhei o relógio. Eram 7h30! A aula começava às oito!

– Pai, você disse que ia me acordar bem cedo! – urrei, ultrajado.

– Porra nenhuma. Me lembro perfeitamente de dizer que faria exatamente o contrário.

Me aprontei o mais rápido que pude. Minha mãe me deixou na escola e disparei para a sala de aula apertando a mochila contra o peito para correr ainda mais rápido, mas fiquei horrorizado ao descobrir que restavam apenas três lugares livres. Permaneci imóvel atrás das 30 carteiras que encaravam o comprido quadro-negro diante da turma e pensei com cuidado qual seria o meu próximo passo. O primeiro lugar livre ficava na fila da frente, diante da mesa da Sra. Vanguard. Seria um suicídio social. Ninguém queria se aproximar da mesa da professora. Seria como comprar uma casa debaixo de um viaduto. O segundo era ao lado de um garoto gorducho que havia sofrido dois "acidentes" com suas calças no ano anterior – ambos exigindo que a cadeira em que ele se encontrava fosse limpa com uma mangueira e largada no lixo por um faxineiro usando luvas cirúrgicas e máscara.

O terceiro assento ficava ao lado de uma garota ruiva que eu nunca tinha visto antes. Ela tinha algumas sardas espalhadas pelo rosto e um nariz redondo que a deixava parecida com um personagem da Disney. Eu não gostava de garotas – não por achar que fossem nojentas ou tivessem piolhos, mas pela mesma razão que não gostava de usar cuecas: elas pareciam desnecessárias e ligeiramente incômodas. Mas esse lugar parecia ser o menos pior dos três e, por isso, segui naquela direção e pendurei a mochila na cadeira. Minha colega ruiva se virou, me deu um sorriso e, por algum motivo, fiquei desconcertado. Tentei cumprimentá-la, mas meu cérebro não conseguia decidir se dizia "oi" ou "olá".

– Oi-lá – balbuciei.

– Oi. Sou Kerry Thomason – respondeu ela, animadamente.

Foi tudo o que me disse naquele dia, mas bastou para me dar uma sensação estranha no estômago. Não sabia o motivo, mas queria que Kerry prestasse atenção em mim. E, à medida que as semanas passavam, implicar com ela parecia ser a melhor e mais divertida forma de fazer com que isso acontecesse. Passei aquela primeira semana cutucando-a com o apontador, roubando seu fichário do Meu Pequeno Pônei e, de um modo geral, fazendo tudo para que ela reparasse em mim, exceto realmente falar com ela. As únicas palavras que ela me disse naquela semana foram "por favor, pare com isso", e aquilo só me dava mais vontade de continuar a agir daquela maneira.

Cerca de duas semanas depois do início das aulas, finalmente exagerei na dose. Levei para a escola um desenho que me custara metade de uma noite e toda uma caixa de lápis de cera e deixei-o na carteira de Kerry assim que o sinal tocou. Ela deu uma olhada e começou a chorar. Ao ouvi-la, a Sra. Vanguard correu até a menina. Estava perguntando qual era o problema quando viu o desenho – e soltou uma exclamação horrorizada.

Ela se virou para mim e perguntou:

– Foi você quem fez isso?

– Foi? – respondi com hesitação, começando a perceber que meu plano para impressionar Kerry talvez não estivesse saindo como esperado.

– Isso é nojento! – exclamou a professora, agarrando com força meu braço acima do cotovelo e me levando pelo corredor direto até a sala do diretor.

Eu nunca tinha visto o interior da diretoria, mas sempre imaginei que seria como os aposentos de um rei num palácio, com tigelas cheias de frutas frescas, um trono e um homenzinho deformado que cumpria todas as ordens do diretor. Porém, a sala de espera era decepcionante: um cubículo sem graça de 10 metros quadrados com um pôster emoldurado no qual a imagem de um fisiculturista esforçando-se para levantar um pesadíssimo haltere vinha acompanhada do seguinte lema: "Acredite em si mesmo e tudo será possível." A Sra. Vanguard mandou que eu me sentasse numa cadeira dobrável de metal, junto à mesa da secretária do diretor, uma mulher atarracada, na casa dos 60 anos, com um nariz enorme e orelhas parecidas com as de um lutador cinquentão. Ela me olhou e sacudiu a cabeça, e foi então que eu percebi que estava bem encrencado. Consegui manter a compostura, até que a professora disse:

– Vamos ligar para seus pais, Justin.

– Não! Por favor, não! – exclamei, começando a chorar e a sacudir a cabeça, apavorado, como alguém que implora clemência a um assassino.

Ela deixou a sala e, depois que a porta bateu, tudo ficou tão silencioso que eu podia ouvir as batidas do meu coração sincronizadas com o tique-taque do relógio na parede. A secretária consultou seu caderno, pegou o telefone, apertou alguns números e falou:

– Posso falar com o Sr. Halpern, por favor? É sobre o filho dele.

As horas que se seguiram foram as mais longas da minha vida. Toda vez que escutava passos se aproximando, eu tinha certeza de que eram meus pais, e meus músculos enrijeciam de medo. Mesmo assustado, também me peguei pensando em Kerry. Não queria que ela visse que eu tinha chorado, por isso sequei as lágrimas com as costas das mãos e usei os punhos da camisa para limpar o muco que escorria pelo meu nariz. Pensei em como ela sorrira para mim no primeiro dia de aula. Pensei em como gostava do jeito com que ela fazia coraçõezinhos no lugar dos pingos dos "is" e de sua maneira de me olhar com raiva todas as vezes que voltava do banheiro e eu lhe perguntava se ela tinha feito cocô. Pensei tanto em Kerry naquelas duas horas que quase me esqueci de como estava apavorado com a vinda dos meus pais.

E então a porta se abriu e meu pai entrou. Eu rezara pedindo que mamãe chegasse primeiro, mas ela nunca era tão pontual quanto o papai. Ele carregava uma maleta de couro marrom e suas sobrancelhas eram como duas minúsculas setas que apontavam direto para seu nariz. Ele não estava feliz.

– Tudo bem, estou aqui. Que diabos está acontecendo? – perguntou, olhando para mim e depois para a secretária do diretor.

Fiquei quieto, olhando para o chão e evitando encarar meu pai.

– Oi, Sr. Halpern. Obrigada por ter vindo – disse a secretária.

– Sem problema. Apenas uma viagem de 56 quilômetros no meio de um dia de trabalho. É um maldito prazer estar aqui.

A secretária me lançou um olhar, um silencioso pedido de ajuda. Voltei a encarar o chão. Ela que se virasse...

– Ah... bem... Justin agiu de uma forma incrivelmente inapropriada, e sua professora não teve opção a não ser retirá-lo de sala de aula – disse ela.

– Ah, diabos. O que ele fez? Abriu as calças e exibiu o pinto para alguém? – perguntou meu pai.

– Ah, não – respondeu a secretária, respirando fundo antes e depois de falar. – A professora virá conversar com o senhor daqui a pouco. Ela pode explicar – acrescentou depressa.

Meu pai deixou-se cair numa cadeira bem diante da minha, de modo que pudesse concentrar seu olhar intenso sobre mim sem qualquer obstrução, e silenciosamente articulou as palavras: "Você está ferrado, cara."

Não acho que o tenha visto piscar ou desviar o olhar por um segundo sequer. Alguns minutos depois, quando mamãe entrou na saleta, a secretária se levantou da mesa, abriu a porta e nos acompanhou pelo corredor até a sala de aula. A cada passo, eu sentia um aperto na garganta. Estava na hora do recreio e meus amigos brincavam lá fora. Pelo menos Kerry não seria testemunha da minha humilhação. Quando chegamos na sala, a Sra. Vanguard estava sentada atrás da grande mesa de madeira e fez sinal para que nos sentássemos diante dela. Enquanto mamãe e eu silenciosamente ocupamos nossos lugares, meu pai lutou para se espremer numa daquelas cadeirinhas minúsculas. Por fim, exclamou um "dane-se" e se acomodou sobre o tampo da mesa.

– Sr. e Sra. Halpern, esta manhã Justin deu um desenho que ele fez para a garota que senta a seu lado na sala – disse a professora, deslizando um pedaço de papel pautado pela mesa, na direção dos meus pais.

Os dois se debruçaram para examiná-lo. Minha mãe deu uma olhada e soltou um suspiro de decepção. Meu pai se abaixou um pouco mais para olhá-lo melhor.

– Meu Deus, que raio de desenho é esse? – perguntou ele.

Era um desenho grosseiro de uma bonequinha palito sorridente, com cabelos ruivos e uma camiseta na qual estava escrito "Kerry". Sobre a cabeça de Kerry havia um cachorro amarelo. Aqueles dois elementos isolados, é claro, não teriam causado qualquer problema. Infelizmente, havia um terceiro elemento no desenho: uma abundante precipitação de bolotas volumosas e marrons saindo pelo traseiro do cão amarelo e caindo sobre o rosto de Kerry. E, só para garantir que o observador não tivesse dúvidas dos sentimentos de Kerry em relação àquilo, havia um balão de pensamento saindo de sua cabeça, em que se lia "Gosto disso".

– É muito perturbador – disse minha professora.

– Por que o cachorro está em cima da cabeça dela? Isso não faz sentido. Como ele conseguiria ficar sobre a cabeça dela? – perguntou meu pai, virando-se para mim.

– Não sei – respondi.

– Você tem de desenhar uma colina ou algo assim embaixo do cão. Um cachorro não pode simplesmente ficar flutuando na atmosfera e cagar na cabeça de alguém. Quer dizer, sei que você tem 6 ou 7 anos, sei lá, mas isso é uma lei bem básica da física – falou ele.

– Sr. Halpern, essa realmente não é a questão – disse a professora.

– Não sei, não. Me parece uma questão muito importante. Pelo menos, a gente sabe que *artista* ele não vai ser.

– Sam, deixe-a falar – disse mamãe, com severidade.

Papai se afastou, resmungando "Não é a questão... até parece" e sentou-se em silêncio. Ouvi a Sra. Vanguard relatar meu comportamento com Kerry nas duas últimas semanas, comportamento que, para ela, beirava o assédio. Sem medir as palavras, ela explicou aos meus pais que temia que eu me tornasse uma pessoa perigosa. Eu não sabia ao certo o que significavam meus sentimentos por Kerry, mas quando ouvi a Sra. Vanguard e me lembrei de como havia feito a menina chorar, me senti péssimo.

– Desculpe-me dizer isso – interrompeu mamãe –, mas acho que a senhora está entendendo errado. Está bem claro para mim o que está acontecendo aqui.

– E o que seria? – perguntou a professora.

– Ele está gostando dela – respondeu meu pai. – Meu Deus, eu imaginava que a senhora visse essas coisas o tempo todo. Olhe, pode confiar. Eu sei que esse garoto pode ser um completo pateta. Peguei-o comendo um sanduíche na privada no mês passado. Mas ele é um bom garoto, não um maldito psicopata.

Minha professora ficou sem saber o que dizer, até que mamãe rompeu o silêncio garantindo-lhe que eles me levariam para casa na mesma hora e conversariam comigo sobre meu comportamento inadequado.

– Vamos garantir que isso acabe de uma vez por todas – disse ela.

$$\ast\,\ast\,\ast$$

Fui para casa com mamãe, pois meu pai anunciou que tinha acabado de lavar o carro e queria mantê-lo "sem meleca pelo maior tempo possível".

Antes de entrar na garagem de casa, minha mãe mandou que eu fosse para o quarto e esperasse por eles. Cerca de 10 minutos depois, os dois apareceram. Mamãe sentou-se ao meu lado na cama. Papai puxou uma cadeira, jogou as peças de Lego no chão e se sentou.

– Justy, você sabe por que não pode fazer desenhos como aquele que sua professora nos mostrou? – começou ela.

– Sei. Os cachorros não voam sobre as cabeças das pessoas – respondi.

– Não, querido, não é por isso – disse mamãe.

– Bem, esse é um dos motivos – falou meu pai.

– Não, Sam, você está confundindo o menino.

– Ele que está me confundindo. O garoto desenha cachorros voadores, gente vestida com umas merdas de camisetas com seus nomes escritos, como se todo mundo trabalhasse numa maldita oficina mecânica. Tudo que estou dizendo é que a situação apresenta múltiplos problemas. Não vamos tolerar uma terra da fantasia onde...

– Sam!

Meu pai calou a boca e fez um sinal com a cabeça.

– Você gosta de sentar ao lado de Kerry? – perguntou mamãe. Fiz que sim com a cabeça.

– Muito bem. Então, de hoje em diante, se você gostar de alguém, não vai fazer coisas ruins para essa pessoa, mesmo que ela pareça não gostar de você – explicou ela.

– Tudo bem.

– Muita gente também vai gostar de você nessa vida, Justy – disse mamãe, dando-me um abraço e levantando-se para sair. – Mas hoje você precisa ficar no quarto e pensar no que conversamos.

Mamãe saiu e, logo depois, papai levantou-se para fazer o mesmo. Porém, quando ele se aproximava da porta, senti necessidade de me desculpar.

– Sinto muito por ter feito a Kerry chorar – falei.

Ele se virou e me encarou.

– Sei que sente. Quando você gosta de uma mulher, você é capaz de fazer muita merda. Acontece. Você ainda não está acostumado com essas coisas.

– Eu sinto isso às vezes pela mamãe – retruquei.

– O quê? Não, não sente, não. Minha nossa, essa foi a coisa mais assustadora que você já falou – disse ele, começando a fechar a porta.

– Espere! – exclamei.

Papai voltou a me olhar.

– Sim?

– E o que eu faço agora? – perguntei.

– O que você faz com o quê? – devolveu ele.

– Com a Kerry.

– Porra nenhuma. Você só tem 7 anos.

QUANDO VOCÊ SE CASAR, SUA MULHER VAI VER O SEU PÊNIS

Quando eu era pequeno, minhas duas coisas favoritas eram comer cereal supercrocante de canela e aprender novas palavras. Estava obcecado: só pensava em expandir meu vocabulário. Toda vez que ouvia uma palavra desconhecida, perguntava o que ela significava ao adulto mais próximo. Ninguém sabia mais palavras do que meu pai, que passava um bocado de tempo lendo comigo todas as noites, para saciar minha sede pela língua.

– Minha professora diz que um dia eu vou saber tantas palavras quanto você – disse-lhe certa noite durante o jantar, depois de tirar 10 numa prova oral de inglês, no terceiro ano.

– Não leve a mal, mas sua professora está viajando. Sou médico, o que amplia meu vocabulário para milhares de palavras que você jamais encontrará. Sei uma centena de maneiras de falar sobre vasos sanguíneos – disse ele, pegando uma tigela cheia de ervilhas e colocando algumas colheradas em seu prato.

– Isso é mesmo muito legal – disse eu.

– Não é legal. Faz minha cabeça querer explodir. É como uma garagem cheia de porcarias inúteis. O que vale não é quantas palavras você conhece, mas como as utiliza.

Alguns dias depois daquela conversa, meu pai foi designado chefe do departamento de medicina nuclear na Universidade da Califórnia, em San Diego.

– Então agora você é o chefe! – exclamei quando ele deu a notícia para a família, durante o jantar.

Olhei para mamãe, esperando vê-la animada, mas ela parecia tensa e infeliz.

– Ser o chefe nem sempre é uma coisa boa – disse meu pai dando um gole no vinho tinto.

– Por que não? – perguntei.

– Você gosta de jogar beisebol, não é?

– É.

– Bem, e se o treinador um belo dia fosse embora e colocasse você no lugar dele porque ninguém mais queria o cargo? Aí você precisaria treinar o time em vez de jogar e teria que cuidar de todas aquelas coisas chatas que fazem parte da função de técnico.

– O treinador gosta de ser o treinador.

– É porque ele é um babaca que está usando o filho para tentar realizar seus sonhos, e o garoto daqui a cinco anos vai estar viciado em heroína porque o pai é um maluco.

– Sam, não fale assim. Você sabe que ele vai acabar repetindo isso – disse mamãe.

– Não repita isso – disse ele, olhando para mim. – De qualquer maneira, a questão é a seguinte: eu me tornei médico para praticar medicina e ajudar as pessoas. Agora preciso ficar sentado num escritório e cuidar da burocracia. Não é um problema seu, só quer dizer que, a partir de agora, você não vai me ver muito em casa.

Depois disso, papai passou a sair para o trabalho antes que eu acordasse e a voltar depois das nove da noite. Trabalhava o dia inteiro e aos sábados também. Domingo era seu único dia de folga, mas mesmo assim ele ia ao escritório com frequência. De qualquer maneira, por mais tarde que ele chegasse, por mais cansado que estivesse, ele pegava meu livro favorito, *O hobbit*, de J. R. R. Tolkien, me chamava até a sala de estar, ligava o abajur ao lado do sofá marrom, sentava-se a meu lado e lia para mim ou eu lia para ele. Quando encontrava uma palavra que não compreendia, eu parava e lhe perguntava o que queria dizer. Certa noite, ele começou a rir enquanto eu lia.

– Talvez seja porque estou com um cansaço dos infernos, mas sabe o que acabei de perceber? – perguntou.

– O quê?

– Ninguém transa nesses livros de hobbit. Esse troço fala de toda a maldita vida de Bilbo, e o cara nunca transa. Nenhuma vezinha sequer. Nada de sexo – falou.

– Bilbo não tem filhos – comentei.

– E o que isso tem a ver? – perguntou.

– Bem, se ele fizesse sexo, teria filhos.

Papai soltou uma gargalhada sonora.

– Minha nossa! Graças a Deus que não é assim. Eu teria povoado Rhode Island inteira.

Não entendi por que ele estava rindo e senti que ele estava debochando de mim.

– Você se casa e aí, se quiser, faz sexo e tem filhos – declarei com firmeza.

– Se quiser? Aham. Não conte isso para sua mãe ou nunca mais vou transar, mas acho que você não entende o significado do casamento – exclamou ele, voltando a rir.

– Claro que sei. Aprendi essa palavra no primeiro ano. Sei o significado de "casamento" há muito tempo – desdenhei.

– Tenho certeza de que você não faz a mínima ideia, acredite – replicou.

– Ótimo. Então me explique o que quer dizer – insisti.

– Filho, acabei de chegar em casa depois de 15 horas de trabalho, estou exausto e você ainda não tem nenhum pentelho. Acho que essa conversa pode esperar até que uma dessas coisas mude.

$\star\star\star$

No dia seguinte, na escola, enquanto estava no refeitório desembrulhando o almoço, contei para o meu melhor amigo, Aaron, o que papai havia falado sobre sexo e casamento e perguntei-lhe se ele sabia qual era a relação entre essas duas coisas. Magrelo, branquelo e com cabelo castanho desgrenhado, Aaron cresceu a alguns quarteirões de mim. Tinha HBO em casa, o que o transformava instantaneamente num especialista em sexo – até onde eu sabia. Ele baixou o pacote de biscoito e limpou as mãos na camiseta.

– Não acredito que você não sabe isso – disse Aaron. – Na noite do seu casamento, você precisa fazer sexo, senão é como se não tivesse casado. Não tem nada a ver com bebês – acrescentou.

– Eu já sabia que não valia se você não fazia sexo. Isso eu já sabia – menti.

– Você precisa começar a beijar sua esposa, aí ela pega seu pênis, põe dentro dela e você faz sexo – disse ele.

– Ela vai ver o meu pênis? – perguntei, com o pânico tomando conta do meu peito.

– Não. Elas só botam a mão lá embaixo e o agarram, mas não podem olhar, a não ser que você mande – respondeu Aaron.

Não sei se foi uma reação adversa ao hábito de meu pai andar pela casa nu como uma coelhinha da *Playboy*, ou se eu era apenas tímido em relação ao meu corpo, mas não havia nada mais repugnante do que imaginar alguém me vendo pelado. Nem ralar os joelhos. Nem fazer cocô em banheiros públicos. Nada.

Meus irmãos eram, em geral, minha principal fonte de informações, apesar de quase sempre inventarem respostas ridículas para minhas perguntas, tentando me fazer parecer estúpido. Mesmo assim, eu recorria a eles de tempos em tempos. Num domingo, durante o café da manhã, perguntei sobre o ritual da noite de núpcias. Meu irmão Dan, que conhecia muito bem o meu medo de ficar nu, foi o primeiro a responder.

– É um pouquinho mais do que isso – falou. – Basicamente, você fica num canto do quarto e ela no outro. Cada um dos noivos tira uma peça de roupa por vez. Você tira a calça e a cueca primeiro.

– Antes dos sapatos e das meias? – perguntei.

– É. Você ainda vai estar de smoking, mas só vai ficar sem a calça e a cueca – disse ele, mordendo uma rosquinha coberta de chocolate.

Era uma informação perturbadora. Assim que o café da manhã acabou, saí da mesa da cozinha, fui para o quarto e fechei a porta. Depois vesti meu único terno e tirei as calças e a cueca, mas fiquei com os sapatos, as meias e tudo da cintura para cima. Então me olhei no espelho. De todas as coisas perturbadoras que eu já havia visto àquela altura da vida, a imagem de meu corpo franzino, seminu, ficava em algum lugar entre "ver o garoto esquisito da minha turma revirar as pálpebras" e "ver um carro esmagar a cabeça do gato do meu vizinho".

Não conseguia suportar a ideia de que alguém me visse em situação tão comprometedora, rindo de forma descontrolada. Mas antes de jurar permanecer solteiro pelo resto da vida, havia ainda uma coisa a fazer: perguntar para a única pessoa casada que eu conhecia que era sempre sincera comigo e nunca zombava dos meus medos: mamãe. Tirei o terno, vesti meu pijama das Tartarugas Ninja, corri para o quarto de meus pais e bati na porta. Ninguém respondeu, e a porta estava trancada. Eu tinha quase certeza de que os dois estavam lá dentro, mas eles podiam ter saído antes de eu acordar. Voltei para a cozinha, onde meu irmão Dan, naquele momento, devorava uma grande tigela de cereal.

– Você sabe se a mamãe está em casa? A porta está trancada e ninguém disse nada quando eu bati – falei.

– A porta do quarto deles está trancada?

– Está.

– Arranje uma chave de fenda e abra, para ver se estão lá dentro. Se estiverem dormindo, com certeza vão querer acordar, para não ficarem dormindo até tarde. Você sabe como papai detesta isso – respondeu ele.

Eu deveria ter imaginado que havia algo errado, considerando a resposta surpreendentemente prestativa de meu irmão, mas ele tinha um trunfo. Meu pai detestava dormir até tarde, coisa que raramente fazia. Armado com essa lembrança e ainda em pânico diante da perspectiva de que minha futura esposa me visse usando metade de um smoking, corri até a garagem e peguei uma chave de fenda na caixa de ferramentas do papai.

As fechaduras da casa eram fáceis de abrir com uma chave de fenda de ponta achatada; bastava enfiá-la no buraquinho e girar. E foi o que fiz. Quando abri a porta, vi minha mãe e meu pai nus na cama, juntos, numa confusão de cabelos, pernas e braços. Até aquele momento, eu não sabia como o sexo devia ser, mas na mesma hora percebi que era assim. Os dois se viraram, me olharam e ficaram paralisados.

– Me desculpem! – gritei.

Bati a porta, corri pelo corredor e procurei refúgio no meu quarto. Cinco minutos depois, meu pai entrou, vestido com um roupão preto e com o rosto desfigurado como se tivesse acabado de dar uma topada com o dedão.

– Sua mãe queria que conversássemos sobre o que você acabou de ver, mas estou cagando para isso, porque fui jogado para fora da cama quando meu filho de 8 anos se materializou na porra do meu quarto de repente.

Ficamos nos encarando e ele esperava que eu dissesse alguma coisa, mas eu ainda estava em estado de choque.

– Bem, estou acordado e a minha manhã acabou de começar muito mal, então é melhor você me dizer que ideia foi essa de arrombar a porta – disse ele enfim.

Então eu lhe contei, apressado, sobre meus medos de noites de núpcias, sexo, nudez e a humilhação de ficar sem as calças e a cueca, mas de meias e sapatos.

– Você percebe a ironia desta situação, certo? – perguntou ele.

– O que quer dizer ironia?

– Você querer saber sobre gente casada transando e aí entrar bem no momento... Não. Você está dando um jeito de me fazer falar sobre esse assunto. – Ele passou os dedos no cabelo e bufou. – Muito bem. O negócio é o seguinte. Você tem 8 anos – disse ele.

– Tenho 9 – corrigi.

– Tenho cara de quem anda por aí carregando um ábaco com seu nome nele? Facilite as coisas para mim um pouquinho, meu filho. – Ele respirou fundo novamente e recomeçou. – O que estou tentando dizer é que você ainda é uma criança. Mas eu garanto uma coisa: na noite de núpcias, você não vai conseguir esperar que sua esposa veja seu pênis. Seja vestindo algumas peças de roupa, sem roupa nenhuma, meias, sapatos, você não vai ligar nem um pouco.

– Como você pode ter certeza disso? – perguntei.

– Pode acreditar em mim. Você vai ficar olhando para o relógio pensando em quanto tempo falta para a porra da cerimônia terminar e todas aquelas pessoas darem o fora, para que sua esposa possa ver seu pênis.

– Eu vou? – perguntei, começando a me sentir mais tranquilo.

– Vai. E se ainda estiver com medo de que sua esposa veja seu pênis, então ela não é a mulher para você. Também é sinal de que você tem um monte de questões mal resolvidas e de que eu fui um péssimo pai. Aí vou ter que pagar uma terapia para você, se tiver dinheiro. Mas provavelmente não vou. De qualquer maneira, a palavra casamento quer dizer: não arrombe a porta do meu quarto aos domingos.

Então, meu pai se levantou, caminhou pelo corredor e trancou a porta do quarto.

VOCÊ NUNCA VAI TRANSAR COM UMA MULHER COMO ESSA!

Se descontar todo aquele tempo incontável, digno de ser esquecido, desperdiçado entre a escola, a casa e a loja de conveniência, passei a maior parte do meu tempo livre, entre os 10 e os 12 anos, jogando beisebol e me divertindo com amigos nos campos da Liga Mirim de Point Loma. Os dois campos de beisebol ficavam a menos de dois quilômetros da minha casa e, duas vezes por semana, meu time, o San Diego Credit Union Padres, se reunia ali para treinar.

– Vocês deviam se chamar apenas *Padres*, e não essa baboseira de *Credit Union* – disse meu pai, enquanto me levava de carro para o campo, na abertura da temporada, quando eu tinha 11 anos.

– Mas a Credit Union patrocina o time – respondi.

– É, bem, eu patrocino você em *tudo*, mas nem por isso o obrigo a usar uma camiseta com a minha cara estampada em tamanho gigante.

– Seria uma camiseta bem esquisita – retruquei.

– Faça-me o favor... Você usa todo tipo de camiseta idiota e... Que diabos eu estou dizendo? Não estou falando sério sobre a camiseta, é apenas para reforçar um argumento. Você está com o seu equipamento aí? – perguntou ele, parando perto do campo.

Aos sábados havia uma programação completa de partidas às quais os jogadores da liga eram obrigados a assistir. Por isso meus pais me deixavam lá bem cedo e ficavam livres para fazer o que quisessem o dia inteiro, até a hora do meu jogo. A perspectiva de ter uma manhã inteira só para si era muito empolgante para o meu pai.

– Tem muitas equipes boas este ano, eu acho – falei, dando continuidade à conversa enquanto chegávamos no campo.

Ele se espreguiçou na minha frente e abriu a porta do carro.

– Fascinante. Agora fora do carro. Fora! Fora! Divirta-se e não se meta com ninguém maior do que você. Vou estar na arquibancada quando seu jogo começar – disse ele.

Levantei a mão para um tapinha mas, em vez disso, ele me empurrou para fora do carro. Em seguida, o velho Oldsmobile saiu cantando pneus pela rua, como se estivesse fugindo do flagrante de um duplo homicídio.

Quando não estávamos jogando, a maioria dos integrantes da Liga Mirim brincava de pique entre os dois campos ou comia uma linguiça picante preparada pela família portuguesa que cuidava de um quiosque de lanches ali perto.

De vez em quando, alguém levantava a hipótese de uma visita ao cânion localizado uns 50 metros além das cercas dos campos. Todos nós tínhamos medo de ir até lá. O local era repleto de árvores, que cresciam tão próximas umas das outras que os galhos se entrelaçavam como se fossem cobras. O terreno era lamacento e dele emanava um odor que lembrava um banheiro de parada de ônibus. Só faltava um grupo de canibais para que fosse o cenário perfeito de um filme do Indiana Jones.

Todo garoto que eu encontrava tinha uma teoria diferente sobre o que espreitava no interior do cânion.

– Meu irmão encontrou um monte de cocô ali que, segundo ele, era grande demais para ser de cachorro ou de gato, mas não era grande o suficiente para ser de gente. Então, provavelmente, devia ser cocô de lobo – afirmou meu amigo Steven, enquanto aguardávamos o fim de uma partida para poder entrar em campo.

– Seu irmão é um idiota – disse Michael, o gorducho da minha equipe, que sempre usava o boné ao contrário, de forma que a parte de trás ficava bem em cima de seus olhos verde-escuros. – Um bando de gays mora ali. É onde eles vão se pegar.

– O quê? Por que eles não fariam isso em suas próprias casas? – perguntei.

– Não sei. Não sou viado. Mas se você está tão interessado, por que não vai até lá? – respondeu, engolindo um pedaço enorme de linguiça.

Naquela altura da vida, as duas únicas coisas que me assustavam eram o filme *Aracnofobia* e aquele cânion. Tentava nunca me aproximar, com medo de que algo saísse da floresta e me arrastasse para lá. Se fosse absolutamente necessário me aproximar para pegar uma bola mal lançada, meu pescoço se enrijecia e minha respiração acelerava, como se meu corpo se preparasse para fugir. Decidi contar as teorias sobre os habitantes do local ao meu pai, para ver se ele tinha alguma opinião científica sobre o assunto.

– Por que os gays resolveriam transar num cânion cheio de lobos? – perguntou meu pai enquanto voltávamos para casa de carro, depois do jogo. Ele dirigia e mamãe estava sentada a seu lado, no banco do carona.

– Não foi isso o que eu disse. Um garoto falou que havia lobos. Outro disse esse negócio sobre...

– Ei, pense bem em dois caras de calças arriadas, transando. E de repente aparece um lobo furioso. Porra! Isso faz algum sentido pra você?

– Não. Mas não foi...

– E tem mais – papai me interrompeu de novo. – Não acho sequer que os lobos sejam nativos dessa região. Sua escola costuma organizar excursões. Já ouviu algum idiota falando algo sobre lobos? Você precisa pensar sobre essas coisas de uma forma crítica, meu filho.

– Não, eu penso. Eu não achei que os lobos fossem...

Minha mãe se virou para me olhar no banco traseiro.

– Além disso, Justy, você sabe que os homossexuais praticam sexo exatamente como os heterossexuais: na privacidade de seus lares. Não no meio do mato.

– Embora alguns héteros às vezes transem no mato. Principalmente quando se está no ensino médio – acrescentou papai.

Decidi interromper a conversa. Naquela semana, porém, por duas noites seguidas, tive pesadelos com o cânion. Neles, eu descobria alguma coisa aterradora numa clareira. No primeiro sonho, deparei com um aquário em que Patrick Swayze estava preso e gritava, implorando por ajuda, mas eu estava apavorado demais para me aproximar dele. No segundo, fui confrontado por uma imensa lula que tinha dois ou três pares de pernas humanas. Depois desse sonho, levantei da cama completamente desperto. Tentei voltar a dormir, mas toda vez que fechava os olhos via o cânion, Patrick Swayze e o Homem-Lula.

Na esperança de relaxar, fui à cozinha na ponta dos pés para tomar um copo d'água. Ainda estava abalado por causa do sonho, e as formas das sombras nas paredes do corredor pareciam ameaçadoras. Do canto do olho, tive a impressão de ver algo se mexer e fiquei paralisado. *É apenas uma sombra que se parece com alguém*, disse a mim mesmo. *Não é uma pessoa.*

– Que diabos você está fazendo?

Guinchei como um macaco assustado e dei um salto, batendo numa estante atrás de mim. Conforme meus olhos se acostumavam, percebi que a sombra era meu pai, sentado em meio à completa escuridão na poltrona posicionada diante das janelas que davam para o nosso quintal.

– Meu Deus! Acalme-se, filho. O que há de errado com você?

– Tive um sonho esquisito – falei, tentando recuperar o fôlego. – O que *você* está fazendo aí?

– Estou sentado no escuro bebendo chocolate quente.

– Por que você está fazendo isso agora, no meio da madrugada?

– Bem, ao contrário do que pensam, eu gosto de ter um tempinho para ficar sozinho, por isso acordo cedo para aproveitar. Estou vendo que vou precisar começar a acordar mais cedo ainda.

– Ah. Bem, me desculpe. Não queria incomodar – falei, dando meia-volta e me esquecendo de pegar o copo d'água.

– Não precisa se desculpar – disse ele.

Talvez fosse o bourbon misturado ao chocolate quente ou a serenidade da escuridão à sua volta, mas naquele momento meu pai parecia estranhamente à vontade.

– Posso fazer uma pergunta? – falei, virando-me de novo para encará-lo.

– Manda bala.

– Se a gente tem medo de alguma coisa, o que a gente faz para não entrar em pânico?

– É por causa daquele filme *Aracnofobia* de novo? Já disse para você: uma aranha daquele tamanho não poderia se manter num ambiente urbano. O ecossistema é delicado demais. Essa porra é impossível.

– Não tem nada a ver com o filme. É só... se a gente tem medo de alguma coisa, como a gente faz para deixar de ter?

Ele levou a caneca de chocolate quente aos lábios e deu um grande e ruidoso gole.

– Bem, do ponto de vista científico, os seres humanos temem o desconhecido. Então, seja lá o que o esteja assustando, agarre-o pelas bolas e diga oi.

Eu não tinha a menor ideia do que meu pai queria dizer e, mesmo naquela sala de estar mal-iluminada, ele acabou percebendo.

– Estou dizendo que, se há alguma coisa amedrontando você, não fuja dela. Descubra tudo o que puder sobre o assunto. O que deixa de ser desconhecido também deixa de ser assustador. – Ele fez uma pausa. – Ou então, pode acontecer o contrário: tornar--se infinitamente mais assustador. Mas, na maioria dos casos, o medo desaparece.

Enquanto eu percorria o corredor de volta para o quarto, eu sabia o que precisava fazer: tinha que entrar no cânion. Só que não havia a menor possibilidade de eu ir sozinho.

No dia seguinte, estava na sala de aula observando o ponteiro do relógio se aproximar das três da tarde. Michael também era da minha turma. Sentava-se uma carteira na minha frente, o que queria dizer que eu passava oito horas por dia encarando o slogan do dia na camiseta dele. Todas as mensagens inspiradoras impressas nas costas das camisetas que ele usava pareciam ter sido escritas pelo presidente de alguma fraternidade universitária momentos antes de ele virar a sexta cerveja. E, naquele dia, a mensagem na camiseta de Michael não era uma exceção: NÃO FUJA DOS OBSTÁCULOS.

Bati no seu ombro.

– Michael – sussurrei.

Sem olhar para trás, ele me alcançou com a mão esquerda, agarrou meu indicador e o dedo médio, torcendo-os até que eu gemesse de dor.

– Acabei de aprender isso na aula de caratê – disse ele, virando-se e depois soltando meus dedos. – Agora só deve faltar mais um ano até eu conseguir a faixa preta.

Abri e fechei a mão para recuperar a sensibilidade na ponta dos dedos.

– O que foi? – perguntou.

– Você vai ao treino de beisebol depois da aula, não vai?

– Dã. Claro! Acabei de ganhar um bastão novo. Parte dele é em cerâmica. É incrível. Você pode tocá-lo, se quiser – disse ele, abrindo o zíper da mochila debaixo da cadeira para revelar o bastão azul e branco que estava lá dentro.

Ele me olhou, depois olhou o bastão e voltou a me encarar, e aí percebi que o convite a tocá-lo era mais uma exigência que uma oferta. Ficamos nos fitando por um momento. Então rapidamente toquei o bastão com o indicador e ele voltou a guardá-lo.

– Incrível, não é? – perguntou.

– É. É bem legal. Então, eu estava pensando que, como nós dois vamos direto para o treino depois da escola, a gente podia ir mais cedo hoje e entrar no cânion.

Michael e eu não éramos exatamente amigos. Ele era durão, o tipo de garoto que passa a maior parte do tempo livre com meninos mais velhos que tinham bigodes e ficavam aprontando alguma depois da aula. Mas ele sempre estava disposto a compartilhar conosco o que aprendia com os mais velhos, o que realmente beneficiava a todos nós.

Eu devia a Michael praticamente tudo o que sabia sobre mulheres naquela época. Certo dia, durante o recreio, ele nos levou para um canto do pátio, atrás da biblioteca, e mostrou uma fotografia dobrada. Era a página de uma publicação médica mostrando a fotografia de uma mulher de 45 anos, nua, com áreas em que poderia desenvolver câncer pós-menopausa destacadas em seu corpo. Fora minha mãe, aquela foi a primeira vez que eu vi uma mulher nua. Michael apontou para a virilha da mulher com seu dedo rechonchudo.

– É ali que você enfia o seu pau. Elas também mijam por aí e às vezes também cagam por aí se a bunda está entupida.

E foi essa mesma sabedoria que me inspirou a convidar Michael a explorar o cânion comigo. Eu era assumidamente um garoto que se abalava com facilidade. Tinha vontade de ser destemido como o meu pai, mas quando se tratava de coragem eu parecia ser feito de um material biológico diferente. Michael era o único garoto que eu conhecia que não tinha medo do cânion.

– E aí, você topa entrar no cânion comigo? – perguntei.

– Acho que sim. Se você me pagar um picolé. Mas nem pense em pegar no meu pinto.

Depois de uma parada na loja de conveniência para comprar o que ele queria, partimos em direção ao campo da Liga Mirim. Quanto mais nos aproximávamos, mais eu sentia um aperto na boca do estômago.

– Então você já entrou mesmo no cânion? – perguntei, tentando me acalmar.

– Por que você tem tanta frescura com esse lugar? – perguntou Michael.

– Não tenho. Só queria entrar, dar uma olhada e voltar antes do treino.

– Você é retardado? Você não pode simplesmente entrar no cânion sem saber onde está o treinador – disse ele. – E se ele chegar mais cedo e nos vir saindo de lá?

– E aí, o que fazemos?

Michael então bolou rapidamente um plano – que parecia perfeito – e lançou a embalagem do seu enorme picolé num arbusto quando chegamos no campo vazio.

E ele tinha mesmo razão sobre o treinador, que havia chegado mais cedo para o treino e certamente teria nos flagrado entrando no cânion. O restante do time começou a chegar logo depois. Meu amigo Steven, que sempre fazia o aquecimento comigo, pegou uma bola e se aproximou de mim.

– Pronto para o aquecimento? – perguntou ele, jogando a bola para o alto e agarrando-a com a luva.

– Hoje não. Vá se aquecer com outro idiota – disse Michael a Steven, agarrando meu braço e arrastando-me para o final do campo.

Olhei para Steven e pisquei, imaginando que ele entenderia que eu estava aprontando alguma e que não era para levar a mal.

Michael e eu começamos a jogar bola perto dos limites do campo. A qualquer momento ele daria um aviso e seria hora de sair. A expectativa era insuportável. Eu mal conseguia segurar a bola, já que minhas mãos estavam trêmulas demais por causa de toda aquela ansiedade. De repente, o rosto de Michael endureceu. Ele olhou para o treinador, que ajudava outro menino a cerca de 20 metros dali, depois olhou para mim e disse a senha que tínhamos combinado: "Meu cachorro mijou no meio da sala ontem."

Respirei fundo, estiquei o braço para trás e joguei a bola a uns quatro metros acima da cabeça de Michael. Ela voou para bem longe, penetrando na escuridão do cânion atrás dele.

– Treinador! – gritou Michael.

O técnico interrompeu a explicação que dava a outro garoto.

– A bola caiu no cânion. Nós vamos lá procurar, tá?

– Tudo bem. Mas se não conseguirem encontrá-la logo, voltem para cá – respondeu o treinador.

Assentimos e corremos, descendo a escarpa gramada de sete metros que conduzia ao cânion. No pé da descida, olhamos para o alto. Era impossível que alguém lá no campo nos visse.

– Tudo bem – disse Michael.

– Tudo bem – respondi.

– Tudo bem o quê? A ideia foi sua, seu idiota. O que você quer fazer? – perguntou ele com impaciência.

– Ah. Certo.

Olhei para o cânion a apenas uns três metros de distância. Eu conseguia enxergar por trás da primeira ou segunda camada de galhos e arbustos, mas depois era tudo escuridão. Respirei fundo. *Não tem nenhum Patrick Swayze no aquário*, pensei com meus botões. *Não tem nenhum Homem-Lula.*

– Tudo bem. Vamos entrar naquela parte ali – falei, apontando para uma pequena trilha entre duas árvores.

Michael foi na frente e em 20 segundos estávamos tão embrenhados no cânion que, quando me virei na direção de onde tínhamos saído, só conseguia enxergar árvores. O solo estava coberto de folhas secas e um pouco de lixo: papel de bala e alguns copos vazios, que eu suspeitava terem sido lançados ali pelo meu companheiro de aventura. Meus nervos começaram a se acalmar lentamente. Quanto mais a gente entrava, menos havia para olhar. Apenas mais árvores, galhos secos e arbustos. O desconhecido se transformava rapidamente em conhecido.

Michael estava a uns três metros à minha direita quando acenou para que eu me aproximasse.

– Uau. Olha isso! – disse ele.

Pulei sobre uma árvore caída e fui na direção dele.

Michael foi para o lado, afastou alguns galhos e apontou para algo que estava atrás deles. Enquanto permanecia ali mantendo o caminho aberto para mim, minha mente disparou. *Não quero olhar dentro daquele buraco*, pensei. *Quero sim. Devo fazer isso. Não há nada lá dentro.*

– Ei, não vou ficar segurando eternamente os galhos para você, seu babaca. Vai olhar ou não? – resmungou Michael, ainda prendendo o arbusto e esperando que eu me mexesse.

Inclinei-me para a frente e enfiei a cara na abertura que Michael fizera. Além daqueles galhos havia uma clareira bem parecida com as que eu vira em meus sonhos. Só que dessa vez não tinha nenhum Patrick Swayze. No lugar dele encontrava-se um saco de dormir sujo e diversos cobertores cercados por lixo.

– Acho que alguém mora aqui – disse Michael.

Eu podia ouvir o ar entrando e saindo dos meus pulmões enquanto minhas mãos voltavam a tremer, só que de medo dessa vez.

– A gente devia voltar para o treino. O treinador deve estar preocupado...

– O treinador pode se foder – respondeu Michael.

Ele me tirou do caminho, afastou mais os galhos, subiu no tronco de uma árvore caída e, num só movimento, saltou pelo pequeno buraco que havia criado. Os galhos se fecharam e eu fiquei do outro lado da clareira. Eu conseguia ouvir os passos de Michael, mas não podia vê-lo. Fiquei imóvel, odiando-me por ser tão medroso. Então a pequena janela entre os galhos voltou a se abrir e a cabeça de Michael apareceu.

– Você jura que vai mesmo ser tão mariquinha?

Ele agarrou minha camisa e me puxou para dentro da clareira. Enquanto eu tropeçava para o outro lado dos galhos, percebi que mais de uma pessoa poderia estar morando ali. Havia pilhas de roupas cobertas de sujeira, e latas vazias de cerveja estavam espalhadas por toda parte. Michael aproximou-se do saco de dormir cercado pelo lixo.

– Acho que é o esconderijo de algum mendigo – falou, empurrando algumas latas vazias com o pé. Nesse momento, alguma coisa no monte de lixo ao lado do saco de dormir chamou sua atenção. Ele se ajoelhou para olhar. De repente, virou bruscamente o pescoço.

– PUTA QUE PARIU!

– O quê?

– Descobri a fonte! Olha só quanta foto de sacanagem! – berrou ele, enfiando as mãos no monte como um pirata que descobrisse um baú cheio de moedas de ouro.

Com um olhar de puro êxtase, ele segurava dois punhados de páginas de revistas pornográficas das mais sórdidas que eu podia imaginar. Devia haver outras centenas a seus pés. Peguei algumas e as examinei. Eu nunca tinha visto tantas mulheres bonitas juntas, muito menos peladas! Comemorei como se tivesse feito a cesta decisiva numa final da NBA. Era a minha maior proeza, o equivalente adolescente a um pouso lunar.

Naquela época, revistas pornográficas eram como Lamborghinis. Você sabia que elas existiam e, embora nunca tivesse visto uma ao vivo, tinha certeza de que teria uma quando ficasse mais velho.

– Não posso acreditar. Eu... Cara, nós conseguimos. Nós conseguimos! – gritou ele.

Havia apenas um problema. O que faríamos com tudo aquilo? Deixar ali não era uma opção. Depois de alguns minutos colocando os miolos para funcionar, a melhor opção que encontramos foi enfiar algumas páginas dentro das calças e mantê-las ali até terminarmos o treino. Michael experimentou guardar uma delas e dar passos para a frente e para trás, como se estivesse testando tênis novos.

– Não dá certo, está coçando demais – declarou. – Precisamos de um novo plano.

Acabamos decidindo que o melhor era levar o máximo de fotos para fora do cânion e esconder tudo sob algumas folhas perto da escarpa ao lado do campo. Depois do treino, poderíamos voltar e recuperar o tesouro. Começamos a examinar os despojos, tentando decidir o que era imprescindível levar.

De repente, ouvi o estalo de um galho se quebrando, como se alguém tivesse pisado nele. Pulei para trás, pronto para correr. Olhamos em volta, mas não vimos nada. O silêncio era sinistro.

– E se a gente voltasse e pegasse mais tarde, ou amanhã, ou no próximo treino ou coisa parecida? – falei, o medo transparecendo em minha voz.

– Cara, gosto muito de você, mas você é meio fresco. Vai na frente e me espera fora do cânion. Se o treinador estiver vindo, grite a senha. Você se lembra das palavras, não é?

– Meu cachorro mijou no meio da sala ontem – balbuciei.

– É isso aí.

Enquanto eu saía da clareira, fui tomado pela vergonha. Tinha entrado no cânion para derrotar meus temores, mas lá estava eu, indo embora por estar apavorado demais para continuar ali. Fiquei parado pensando, com os olhos baixos, até ouvir a voz do treinador.

– Justin. O que você está fazendo?

Olhei para cima e o vi lá no alto da escarpa.

– Falei para vocês não passarem o dia inteiro aí embaixo.

Congelei por uma fração de segundo, mas logo me recuperei.

– MEU CACHORRO MIJOU NO MEIO DA SALA ONTEM! – berrei.

– O quê? – disse o treinador.

Nesse momento, atrás de mim, ouvi o farfalhar dos arbustos e o som de uma respiração ofegante. *Essa não! É o Michael*, pensei.

– MEU CACHORRO MIJOU NO MEIO DA SALA ONTEM – gritei naquela direção, apavorado pela possibilidade de Michael estar a ponto de aparecer segurando uma imensa pilha de fotos de sacanagem.

– Do que você está falan...

O treinador nem conseguiu concluir a frase. Num piscar de olhos, Michael irrompeu pelos arbustos, correndo desembestado, agarrando as páginas contra o peito como uma mulher que segura seu bebê ao fugir de uma explosão.

– COOOORRE!!!! – gritou ele, aterrorizado.

Ele passou correndo por mim e, sem pensar em mais nada, disparei atrás dele.

Virei-me para olhar para trás.

Saindo do cânion a toda velocidade, vinham dois sem-teto barbudos. Nunca tinha visto mendigos tão rápidos e obstinados. A última coisa que vi no rosto do treinador enquanto passávamos voando por ele foi a expressão de um homem que não tem a mínima ideia do que vai acontecer nos 15 segundos seguintes de sua vida.

Os outros jogadores no campo se viraram para observar, de boca aberta, enquanto passávamos correndo por eles, seguidos pelo treinador e por dois mendigos. Michael diminuiu o ritmo só um pouquinho para que eu pudesse alcançá-lo.

– Pega um pouco! – berrou ele, enfiando um punhado de páginas em meu peito. – Vai para a direita! Eu vou para a esquerda. Eles não vão conseguir pegar nós dois – disse ele ofegante, voltando a acelerar.

Eu ouvia a gritaria atrás da gente. Suponho que era um dos mendigos, e não o treinador, quem bradava "Devolva meus peitinhos!", mas eu estava assustado demais para olhar para trás e confirmar. Quando cheguei na terceira base, dobrei bruscamente para a direita, corri para fora do campo e atravessei a rua. Só fui me virar quase dois quilômetros depois, quando contornei a esquina e desci a ladeira até a minha casa. Minhas pernas estavam pegando fogo e o suor escorria pelo meu rosto.

Não havia carros na entrada, então fui para o lado da casa, destranquei o portão que dava para o quintal, entrei e o bati atrás de mim. Pela primeira vez em cerca de 10 minutos parei de me mexer. Peguei a pilha de fotos de sacanagem, descolei as que tinham grudado no meu peito com o suor e coloquei tudo no chão. Me curvei e pus as mãos nos joelhos, recuperando o fôlego. Olhei para o tesouro diante de mim, mas minha alegria foi logo substituída pelo medo. *Que diabos vou fazer com tudo isso?*, pensei.

Então tive uma ideia: como milhares de ladrões antes de mim, eu enterraria meu tesouro. Entrei em casa, peguei uns jornais, agarrei a pá que estava na garagem e comecei a cavar no canto de nosso quintal. Depois de cavar um buraco com cerca de 30 centímetros de profundidade, juntei todo o material e coloquei delicadamente no chão, como se estivesse plantando uma semente cujos frutos eram necessários para alimentar minha família. Coloquei o jornal sobre as páginas e tapei o buraco.

Horas mais tarde, sentei-me diante da televisão, pensando no que teria acontecido durante o treino, se o treinador havia ligado para o meu pai e, principalmente, o que esperava por mim naquelas páginas escondidas. Eu tinha dado uma rápida olhada, mas queria absorver aquelas fotos como se fossem as provas de um crime que eu estivesse investigando. Meu pai logo voltou do trabalho e pousou sua maleta no chão.

– E aí? Como foi o treino? – perguntou.

– Foi bom. Por quê? Você ouviu dizer que não foi? – respondi, tentando manter a calma.

– Filho, não quero ofender, mas você joga na Liga Mirim. Não é a equipe dos Yankees. Não recebo relatórios diários sobre quem está jogando bem ou mal.

Quando fui para a cama naquela noite, só pensava nas páginas enterradas. Eu me arriscara muito por elas e estava decidido a aproveitar os frutos de meus esforços. Acordei no meio da noite e, mesmo antes de abrir os olhos, pensei: *As fotos de sacanagem!* Pulei da cama, me esgueirei só de cueca até a sala de estar e saí pela porta dos fundos para o quintal. Fui na garagem, peguei a pá, encontrei o lugar onde a terra tinha sido revirada recentemente, enfiei a ponta da pá no chão e comecei a cavar ao luar. Meus ombros ardiam, mas continuei a cavar.

– Meu filho, que porra é essa?

Soltei um grito, deixei a pá cair e me virei para ver papai atrás de mim, de roupão, segurando um chocolate quente.

– Ai, meu Deus, você me assustou! – exclamei, esquecendo completamente que eu deveria inventar alguma desculpa para explicar o que eu estava fazendo.

Ele ligou a lanterna que segurava, lançou a luz em meus olhos e depois no resto do meu corpo.

– Por favor, explique agora mesmo por que você está de cueca cavando a porra de um buraco no meu quintal às três e meia da madrugada.

Não havia como escapar. Suspirei, derrotado, e contei tudo a ele: da ida ao cânion, de como encontramos as páginas das revistas de sacanagem, de como fugimos dos mendigos e de como enterrei meu tesouro.

Ele ficou calado por um tempo, processando todas as informações. Depois disse em voz baixa:

– Tudo bem, o negócio é o seguinte...

Com calma e firmeza, ele me instruiu a tirar todas as fotos do quintal e tapar o buraco imediatamente. No dia seguinte, ele explicou, eu deveria levar as páginas das revistas de volta para a entrada do cânion e deixá-las lá.

– Por que não podemos simplesmente jogar fora? Não quero voltar ao cânion – falei.

– Alguém perdeu tempo colecionando essa merda. E se eu jogasse fora toda a sua coleção de cartões de beisebol? Não seria certo.

Assenti. A analogia fez todo o sentido para mim e, de repente, senti uma pontada de remorso por haver privado aqueles homens de um de seus já escassos bens materiais – talvez o mais precioso. Eu me abaixei e retirei de dentro do buraco uma grande pilha de fotos pornográficas cobertas de terra.

– Você está zangado comigo? – perguntei, enquanto pegava a pá.

– Nããããão... Nem acho que isso daí chegue aos pés dos seus maiores sucessos em termos de estupidez. Mas tem algo importante que você precisa saber.

Parei de cavar e olhei para ele. Papai apontou para a pilha de folhas soltas e sujas de revista que jaziam no chão.

– Você nunca vai transar com uma mulher como essa. Entendeu?

Fiz que sim com a cabeça.

– Ok, muito bom – disse ele e se virou para entrar em casa.

Mas logo voltou e completou:

– E as mulheres não vão transar com você de todas essas formas malucas aí. Sacou? Elas não são gostosas assim e não transam que nem doidas. Isso é o que você vai aprender com esta história, está bem?

– Está bem.

– Entre e tape esse buraco amanhã. Não quero que os vizinhos pensem que você é maluco.

Deixei a pá no chão e o segui para dentro.

Ele sentou na poltrona e ligou o pequeno abajur a seu lado.

– Era do cânion que eu estava com medo. Foi por isso que fui até lá. Para não ficar mais tão apavorado – confessei, depois de um momento de silêncio.

– Filho, você é um pouco nervosinho. Está tudo bem. Não se condene por isso. O que também não quer dizer que você não tenha coragem. Você só seleciona demais os momentos para demonstrar isso. Nem sempre é uma coisa ruim...

Ele deu um grande gole no chocolate quente.

– Você vai para a cama agora? – perguntei.

– Não, mas você vai – disse ele, desligando o abajur e deixando a sala no escuro. – Estou tentando ficar um maldito minuto sozinho.

ÀS VEZES VOCÊ PRECISA SER EMPURRADO DE UM TRAMPOLIM

Passei os dois primeiros anos do ensino médio tentando passar despercebido. Meu objetivo era ser uma versão adolescente de um daqueles integrantes do elenco de *Saturday Night Live* que nunca aparecem nos esquetes, mas sempre estão no palco no final do programa, sorridentes, desfrutando dos aplausos. Contudo, não comecei com ambições tão modestas. Como a maioria dos adolescentes, eu também tinha o sonho de ser popular. Mas logo percebi, numa festa no início do primeiro ano, que isso não seria assim tão fácil. Quando cheguei com Aaron, meu melhor amigo, o primeiro cara que encontramos deu uma olhada na gente, tirou a latinha de cerveja da boca e berrou com toda a força, para que pudesse ser ouvido enquanto a música de Tupac ecoava de uma caixa de som ao nosso lado:

– O que as duas bichinhas estão fazendo aqui?

O rosto dele demonstrava o mesmo ar de autêntica confusão que alguém sentiria caso visse um macaco operando uma empilhadeira no supermercado.

Entre meus 2.500 colegas no colégio de Point Loma, logo descobri, havia os populares, os impopulares e o resto. Bastaram algumas semanas no ensino médio para eu perceber que fazer parte do "resto" parecia muito bom. Com certeza os caras populares iam às festas e pegavam muitas garotas, mas pelo menos eu não estava sendo atormentado.

O segredo para se transformar "no resto" era chamar o mínimo de atenção possível. Eu almoçava com um pequeno grupo de amigos todos os dias no saguão do prédio da aula de inglês, enquanto os garotos populares comiam na quadra e os CDFs ficavam no prédio do teatro. Eu era um bom aluno, mas não tão bom a ponto de as pessoas repararem nisso, e falava tão pouco em sala de aula que, no segundo ano, meu professor de história me chamou para uma conversa particular e perguntou, daquele jeito propositalmente ruidoso que as pessoas empregam quando conversam com estrangeiros, se eu era fluente na língua inglesa. Embora eu fosse um excelente lançador, poucos colegas se interessavam pelo beisebol da escola ou compareciam às partidas. E quando chegava o fim de semana, em vez de ir às festas, eu encontrava Aaron e alguns amigos, pedia uma pizza e assistia a filmes dos anos 1980. No início do penúltimo ano, eu ainda não tinha saído com nenhuma garota. Eu nem tinha beijado na boca ainda! Mas pelo menos os garotos mais velhos e populares me deixavam em paz, o que era um preço justo, que eu estava disposto a pagar.

A única pessoa que não estava satisfeita com minha patética vida social era o meu pai.

– Vocês dois estão fitando essa televisão como se quisessem transar com ela! – disse ele certa noite de sexta-feira, quando nos pegou assistindo *Duro de matar* na sala de estar.

– Bem... não queremos – respondi sem convicção.

– Obrigado por esclarecer, rapaz – disse ele. Caminhou até o armário de bebidas em mogno que ficava junto da televisão e serviu-se de dois dedos de bourbon. – Pessoalmente, não ligo a mínima, mas o que estou dizendo é que sair, beber uma cerveja e apalpar uns peitinhos não são as piores coisas do mundo. – Em seguida, ele se dirigiu para o quarto.

Comi outro pedaço de pizza e voltei a me concentrar em Bruce Willis, que arrancava cacos de vidro dos pés.

– Seu pai tem razão. Precisamos ir às festas – disse Aaron.

– Não somos convidados – respondi, pegando o controle remoto e aumentando o volume.

Havíamos tido essa discussão muitas vezes antes. Aaron e eu estávamos no penúltimo ano da escola e nenhum dos dois tinha ido a uma festa desde aquele episódio constrangedor no primeiro ano. De vez em quando, ele insistia para que fôssemos a alguma festa, mas era como se houvesse uma plaquinha em meu cérebro: "Passaram-se x dias desde a última vez que você foi humilhado", e eu estava determinado a fazer aquela contagem aumentar. Tinha visto o que acontecera a alguns de meus colegas mais nerds quando ousaram comparecer a eventos sociais em que não eram bem-vindos. Imobilizaram um deles enquanto alguém desenhava vários pintos em todo o seu rosto com marcador permanente. Arrancaram as calças de outro diante de toda a turma de educação física. E como nada parecido havia acontecido comigo, eu me convenci de que era completamente feliz com as coisas do jeito que estavam.

Na verdade, eu tinha caprichado tanto nesse raciocínio que, ao completar 16 anos – idade em que já podia tirar carteira de motorista –, meus pais precisaram me obrigar a marcar o teste. Ao contrário da maioria dos adolescentes, que sonha com o dia em que poderá ficar atrás do volante e levar os amigos para as festas – ou estacionar em algum lugar e dar uns amassos com a namorada –, eu fiquei indiferente à perspectiva de tirar a habilitação. Eu morava a menos de dois quilômetros da escola e ainda mais perto das casas dos meus amigos. Já que eu podia ir a pé a todos os lugares que frequentava, a carteira parecia um objetivo desnecessário que só poderia ser alcançado por meio de um processo insuportavelmente exaustivo.

Apesar disso, por causa da insistência dos meus pais, procurei autoescolas nas Páginas Amarelas e me matriculei numa que ficava perto de casa e que oferecia aulas de duas horas uma vez por semana, durante seis semanas. Meu instrutor era um sujeito magrelo, de 20 e poucos anos, com uma cabeça raspada que estava sempre descascando por causa de queimaduras de sol e que só poderia ter mais cheiro de maconha se ele mesmo fosse feito da planta. O veículo de treinamento era um Nissan bege, de meados dos anos 1980, com freios de segurança no banco do carona; ele geralmente curtia acioná-los sem qualquer motivo e então, entre gargalhadas ofegantes, dizia:

– Vocês são todos iguais mesmo. Ficam aí pensando "Ei, estou controlando o carro" e aí, quando eu piso no freio e tal, vocês falam "O quêêêêê?".

Numa das aulas, ele me fez dirigir até a casa de "um amigo" dele e desapareceu lá dentro por meia hora. Quando saiu, estava tão chapado que não se lembrava nem do caminho de volta. Acabamos rodando sem rumo durante uns 40 minutos, enquanto ele me falava de seu objetivo na vida, que era provar que os seres humanos e os leões-marinhos podiam conviver pacificamente na praia. Seu plano girava em torno de "comer um bocado de peixe na frente desses animais para que, você sabe, eles percebam que nós também gostamos de peixe".

De qualquer maneira, consegui aprender alguma coisa graças à autoescola. Assim, numa manhã nublada de sábado, no início de outubro, saltei para o banco do carona do carro de meu pai, um Oldsmobile Brougham prateado de 1986, e nos dirigimos para o Departamento de Trânsito de Clairemont Mesa para o teste de direção.

– E aí? Está animado? – perguntou papai.

– É, acho que sim...

– Acha que sim? Essa é a sua chance de conquistar a sua independência. Com a habilitação, você pode pegar este carro e, se quiser, nunca voltar.

– Eu poderia fazer a mesma coisa sem ter a carteira – retruquei.

– Não, não poderia, porque seria ilegal.

– Bom, tecnicamente, pegar seu carro e nunca mais voltar também seria ilegal, pois eu estaria roubando – falei.

– Tudo bem, vamos ficar calados até chegar ao Departamento de Trânsito.

Alguns minutos depois, estacionamos em frente ao prédio bege do órgão, que parecia o lugar onde a felicidade ia encontrar sua morte. Como a maioria dos americanos sensatos, meu pai odeia o Departamento de Trânsito. Ao entrarmos no saguão, vimos que ele estava lotado de pessoas impacientes, suadas e cansadas, então ele começou a oscilar nervosamente de um pé para o outro e a roer as unhas.

– Olhe só a porra deste lugar! Todos cheiram a cocô de cachorro, andando de um lado para outro como se estivessem na Rússia esperando para receber a porra de um pedaço de pão. Por que raios estou aqui? É você quem vai fazer a prova. – Um minuto depois, acrescentou: – É isso. Não aguento. Você está por sua conta. – Na mesma hora, ele se dirigiu para a saída.

Antes que eu sequer pudesse reagir, ele já estava sentado num banco do lado de fora, lendo o jornal.

Depois de alguns minutos na fila, uma recepcionista com obesidade mórbida me entregou um número. Sentei-me na área de espera, repleta de adolescentes e velhos que eu nunca tinha visto na vida. Trinta minutos depois, chamaram meu número.

Quando voltei para a mesa da administração, fui saudado por um coreano bronzeado com quase 50 anos, vestindo um jaleco branco.

– Halpern, Justin? – perguntou ele, lendo meu nome numa tabela.

– Prefiro ser chamado de Justin Halpern – brinquei.

Ele me fitou em silêncio por alguns segundos.

– Por aqui – indicou, e em seguida passou por portas duplas que davam no estacionamento.

Quando entramos no carro, fiquei tenso. Eu não estava tão nervoso assim antes, mas, ao sentar no banco do motorista do Oldsmobile do meu pai sem que ele estivesse no carro, pensei pela primeira vez como seria emocionante se eu realmente pudesse sair sozinho de carro para algum lugar. Poderia dirigir até o cinema, para a escola ou até mesmo ter um encontro – e os encontros eram a ocasião em que as garotas podiam manipular o dito-cujo. A gama de oportunidades tomou conta da minha mente, e eu não conseguia me concentrar na voz anasalada do examinador do Departamento de Trânsito, que rosnava instruções para mim. Agarrei o volante com tanta força que minhas articulações ficaram dormentes, e toda vez que ele me mandava fazer algo, eu repetia o que ele dizia, como se estivéssemos fazendo uma cena de um filme de comédia.

– Entre à esquerda – disse ele.

– Entrar à esquerda?

– É. Entre à esquerda.

– Entrar à esquerda.

– Pare de repetir tudo o que digo!

A pior parte do exame foi quando tentei entrar na autoestrada. Em pânico, acessei o acostamento a 40 km/h.

– ACELERE E ENTRE! – gritou o examinador. – MEU DEUS! ACELERE E ENTRE!

Tive a sensação de que havia fracassado, o que se confirmou quando parei no estacionamento do Departamento de Trânsito e meu examinador mal conseguiu dizer:

– VOCÊ FOI... REPROVADO.

Ele saltou do carro e bateu a porta. Fiquei mortificado. Toda a empolgação que eu tinha em relação à carteira de motorista se evaporou no mesmo instante, e resolvi, mais uma vez, que aquilo não tinha nenhuma utilidade. Afinal de contas, ninguém precisa de habilitação para comer pizza e assistir a filmes velhos.

– Não é nada demais – disse ao meu pai, no estacionamento. – Sinceramente, não ligo para isso. Faço o teste de novo algum dia.

– Filho, você é o único garoto de 16 anos que eu conheço que não dá a mínima para o fato de ter sido reprovado no exame de direção. O que isso diz a seu respeito?

– Que eu sou equilibrado.

– Não é isso, não... – disse ele, sacudindo a cabeça.

Nos dias que se seguiram, não contei a nenhum dos meus amigos que eu havia sido reprovado. Ainda era um assunto doloroso demais.

Naquela sexta-feira, enquanto eu estava ao lado de Aaron e a gente copiava as respostas um do outro antes da aula de inglês no primeiro tempo, uma sombra baixou sobre minha carteira. Levantei os olhos e vi meu colega Eduardo, de pé. Eu podia contar nos dedos de uma das mãos o número de vezes que ele havia falado comigo durante a vida inteira, e ele era bastante impressionante. Era alto e forte, com cabelo preto penteado para trás, o que sempre dava a impressão de que acabara de sair de uma piscina. Era também o único garoto do nosso ano que tinha um bigode de verdade. Os meninos que estavam suficientemente desenvolvidos para ter ao menos alguns pelos no rosto mantinham aqueles bigodes finos e frágeis, que as pessoas costumam achar bregas. Mas o bigode de Eduardo parecia um esfregão e era assustador. Eu só podia imaginar uma razão para ele estar ali.

– Você quer copiar meu dever de casa? – perguntei, entregando-lhe uma folha de papel.

– O quê? De jeito nenhum! Faço meu dever na hora certa. Isso é racismo, seu idiota – respondeu ele.

– Desculpe, eu só estava tentando...

– Você conhece minha prima Jenny? – interrompeu Eduardo.

– Que Jenny? – perguntei. Havia um monte de meninas com esse nome na escola e eu queria ter certeza de que não cometeria outra gafe durante a conversa.

– Jenny Jiminez. Ela está na sua turma de oratória, seu idiota.

– Jenny Jiminez é sua prima? – Fiquei surpreso. Jenny era doce e não tinha absolutamente nenhum pelo no rosto.

– Sou mexicano. Todo mundo é meu primo.

– A-há! Veja só quem está sendo racista... – eu disse, mas me calei quando percebi que Eduardo nem sequer sorriu. – É, eu conheço ela. É uma garota legal.

– Ela vai com a sua cara estúpida – disse ele.

De repente, Eduardo tirou do bolso um pequeno pente com um minúsculo cabo de madeira e passou-o no bigode exatamente duas vezes, devolvendo-o ao bolso enquanto voltava para seu lugar.

– Você deveria convidar a Jenny para o baile de volta às aulas – disse Aaron, assim que Eduardo se encontrava a uma distância segura.

– É, claro – ironizei. – Eu nem vou ao baile...

Não tinha ido a um baile sequer em toda a minha carreira no ensino médio. Tinha 1,80m de altura e pesava menos de 55 quilos. Quando eu dançava, parecia um louva-a-deus em chamas. E, além do mais, eu já tinha planos para a noite do baile: ia chamar Aaron para assistir *O predador 1* e *2*.

– Bem, se você convidá-la, vocês poderiam vir junto comigo e minha acompanhante – disse Aaron.

– O quê? – exclamei incrédulo. – Você arranjou uma acompanhante para o baile? Quando foi que isso aconteceu?

– Convidei Michelle Porter há alguns dias, durante a aula de matemática. Ela aceitou.

– Eu nem sabia que você gostava da Michelle Porter.

– Eu já disse que a achava legal e que ela tem uns peitos grandes – falou ele.

– Cara. Há uma *enorme* diferença entre dizer que alguém é legal e que tem tetas grandes e convidar essa pessoa para um baile sem me contar, ok? – retruquei.

– Qual é o seu problema? Por que você não está feliz por mim? – perguntou ele.

Aaron tinha razão. Eu deveria ter ficado feliz por ele e sabia disso, mas fiquei zangado e me senti traído. O progresso de sua vida social me deixava envergonhado. Naquele momento, eu me sentia um completo fracasso só de pensar em ficar em casa assistindo a filmes na noite do baile de volta às aulas. Eu precisava fazer alguma coisa.

– Ótimo. Então vou convidar a Jenny – falei, talvez com o tom menos confiante que já havia empregado na vida.

– Bom, se ela aceitar, vocês podem pegar carona com a gente – respondeu Aaron.

– Eu não quero ficar com minha acompanhante no banco traseiro da minivan da sua mãe, cara.

– Há dois segundos você nem queria ir! Eu estava tentando ser legal porque você não tem carteira, seu babaca.

– Vou tirar minha carteira. Aliás, eu fui reprovado no meu primeiro exame de direção na semana passada, e estou contando agora porque você é meu amigo e só eu conto as coisas, em vez de ficar fazendo surpresinhas – balbuciei.

* * *

Enquanto caminhava de volta para casa naquele dia, percebi que havia estabelecido dois objetivos intimidantes para alcançar nas três semanas seguintes: convidar uma garota para ir a um baile pela primeira vez e passar no exame de motorista. Decidi começar pelo menos assustador: tirar a carteira. Sem que eu imaginasse, meu pai já tinha pensado bastante sobre esse problema.

Por volta das três e meia naquele dia, atravessei a porta de casa e descobri que ele havia chegado cedo do trabalho e estava usando a "calça de moletom para atividades", que ele só costumava usar quando tentava matar algum animal no quintal ou executar alguma proeza que exigisse força. Era cinza, como a maioria das que ele tinha, mas com listras azuis e amarelas na lateral e elásticos nos tornozelos, supostamente por uma questão de aerodinâmica. Assim que entrei na sala de estar, ele me fitou.

– Você, meu amigo, vai aprender a dirigir, porque eu vou ser seu instrutor – disse ele, com as veias do pescoço já começando a saltar.

A abordagem do meu pai em relação ao ensino se assemelha a uma briga. Ele vê seus alunos como oponentes e os golpeia com informações até que fiquem completamente desorientados e confusos. Assim que a briga começa, não é permitido jogar a toalha. Ele mandou que eu largasse a mochila e o seguisse até a velha caminhonete do meu irmão, estacionada na entrada de casa. Abriu a porta do carona para mim, como se fosse um motorista muito zangado, se sentou atrás do volante e, depois de alguns nanossegundos, arrancou cantando pneu pela rua.

Quando ele passou a segunda marcha, fiz uma observação perturbadora.

– Esse carro não tem câmbio automático – comentei.

– Muito bem.

– Mas eu não sei dirigir um carro assim. Aprendi a dirigir num carro com câmbio automático – disse, enquanto ele trocava de marcha agressivamente.

– Você se lembra de quando tinha 6 ou 7 anos e nós fomos visitar a tia Naomi? Fomos para aquela piscina com vários trampolins e você queria saltar, mas estava com muito medo.

– Lembro.

– Você se lembra do que eu fiz?

– Lembro. Você me carregou até o trampolim mais alto do lugar, segurou a parte de trás do meu calção e me jogou na água.

– Eu joguei você dali como se fosse a porra de um saco de batatas – disse ele, soltando uma risada enquanto olhava pela janela, recordando-se.

– O que você quer dizer?

– Depois daquilo você ficou pirado, pulando de todos os trampolins. Você aprende a dirigir comigo, com câmbio manual, e não vai se cagar todo quando fizer o exame num carro automático na companhia de algum babaca de jaleco. Faz sentido?

– Não.

– Só lamento... – disse ele.

Dirigimos até o estacionamento de uma loja nas proximidades. Chegando lá, ele tirou as chaves da ignição e nós trocamos de lugar. Ele me deu uma rápida instrução sobre como funcionava o câmbio manual e passou a hora seguinte inteira berrando números para mim, tentando me treinar no uso das marchas.

– Terceira! Quarta! Sexta! Não existe sexta porra nenhuma! Preste atenção! Terceira de novo! – E eu nem havia ligado o motor ainda.

Durante as duas semanas seguintes, papai foi trabalhar todos os dias às seis da manhã para poder voltar mais cedo para casa e me dar uma aula de direção antes do anoitecer. Começava cada lição anunciando um tema para o dia. Entre eles estavam "Um carro é uma arma letal", "Anuncie sua presença com autoridade, porra!" e, meu favorito, "Sua mãe está tendo uma hemorragia mortal".

No final de uma tarde, enquanto eu tirava a caminhonete de casa, ele falou:

– Se der merda e você precisar atravessar a cidade em 10 minutos sem infringir a lei, vo-cê con-se-gue? – indagou, erguendo as sobrancelhas.

– Se isso acontecesse, eu apenas ligaria para o número de emergências.

– Certo. É um bom argumento. Mas acompanhe meu raciocínio, está bem?

– Está bem, mas não é o tipo de coisa que eu vou precisar fazer durante o exame.

– Não. Mas não estou ensinando você a dirigir para passar na prova. Estou ensinando você a dirigir, o que nem sempre é um passeio no bosque com as calças arriadas. Agora você quer sair daqui e chegar a Clairemont em menos de 10 minutos. Sem fazer nenhuma merda ilegal.

– Clairemont fica a 16 quilômetros. Não...

– O tempo começa a correr em três, dois, um! – berrou ele, olhando para o relógio.

– Pai, essa não é uma aula de direção útil.

– Nove e cinquenta e nove, nove e cinquenta e oito, nove e cinquenta e sete... O RELÓGIO ESTÁ CORRENDO, VÁ VÁ VÁ VÁ VÁ VÁ VÁ VÁ!

Ele continuou gritando até que eu finalmente dei marcha a ré, engatei a primeira e pisei fundo no acelerador subindo a rua. Disparei pelas vias suburbanas de nosso bairro, rumo à autoestrada 5-Norte, que ia para Clairemont. Com a precisão daquele psicopata com cara de palhaço dos filmes da série *Jogos mortais*, meu pai explicou as regras do jogo: eu não tinha permissão para ultrapassar o limite de velocidade e, por isso, para chegar ao nosso destino a tempo, quando eu encontrasse um sinal amarelo, deveria ir com tudo e, quando me aproximasse de um vermelho, deveria decidir depressa se esperava ou pegava outro caminho. Periodicamente papai berrava quanto tempo faltava, junto com alguma nova situação imaginária que poderia motivar minha pressa.

– Seis minutos e meio! Seu amigo está tendo uma crise renal e sente uma dor insuportável! – urrou ele enquanto eu pisava no acelerador para cruzar um sinal amarelo.

Eu sentia o suor começando a se acumular na minha testa e meu coração batia disparado.

– Três minutos! O carro da sua esposa enguiçou numa área perigosa da cidade e ela está com medo de ser violentada!

– Pare! Você não está ajudando! – gritei em resposta, enquanto costurava em meio ao trânsito, rumo à saída da autoestrada que conduzia a Clairemont.

Ultrapassei uma carreta na pista de saída e desci o acesso voando. Eu tinha apenas que subir a Balboa Avenue, que era cheia de ladeiras, e estaria em Clairemont. Calculei que tinha mais ou menos um minuto para isso. Havia um sinal na metade da subida que me separava da vitória e, naquele momento, estava verde, mas ainda faltavam uns 300 metros. Esperei que ficasse amarelo, mas mesmo a 100 metros, ele permanecia verde. Com medo de que ficasse amarelo antes que eu o atravessasse, comecei a diminuir a velocidade.

– O que você está fazendo? Está verde – disse papai, apontando para o sinal.

– Eu sei, mas acho que vai ficar amarelo – falei, limpando o suor dos olhos.

– Mas não vai. Você está quase lá. Anda logo!

Pisei fundo no acelerador, mas, bem no momento em que o sinal finalmente ficou amarelo, entrei em pânico, convencido de que estava distante demais para ultrapassá-lo em segurança e de que estava dirigindo rápido demais para parar a tempo. Paralisado pela indecisão, congelei com o pé no acelerador. Quando o sinal ficou vermelho, nossa caminhonete atravessou o cruzamento e se pôs no caminho de um Nissan que estava vindo a toda. Meu pai se esticou, agarrou o volante e o puxou em sua direção com toda a força, fazendo com que o carro desse um salto para a direita e escapasse por pouco de uma colisão.

– Não acredito que você pegou no volante. Não acredito que você pegou no volante – falei, balbuciando como uma pessoa insana, depois de ter freado e encostado o carro.

– Você não estava fazendo nada. Precisei tomar uma atitude – disse ele.

Sequei o rosto com a camiseta.

– Desculpe-me. Sinto muito mesmo – falei, sentindo-me constrangido pela minha incompetência.

– Está tudo bem – disse ele.

Ao final da segunda semana de aulas de direção com papai, eu me senti preparado para refazer o exame, mesmo que ele não estivesse convencido de que eu fosse capaz de levar meu futuro filho de 4 anos para a emergência de um hospital antes que ele sangrasse até a morte. Eu havia marcado um segundo teste e achava que tinha uma boa chance de conseguir a carteira dessa vez, mas meu pai vinha exigindo tanto de mim que eu praticamente esquecera que o objetivo principal era poder dirigir para o baile de volta às aulas. Faltando apenas uma semana para o evento, percebi que tinha que começar a me esforçar na segunda parte do plano: arranjar uma companhia.

Eduardo tinha dito que sua prima Jenny gostava de mim, mas ele também me dissera uma vez que estava tendo aulas de carpintaria para poder "fazer uma faca de cabo de madeira para esfaquear você, seu idiota". Eu achava Jenny bonitinha, mas nunca havia convidado uma garota para sair, e a ideia de ser rejeitado – junto com a ameaça de ser esfaqueado por ter desrespeitado a prima de Eduardo – me deixava preocupado. Decidi conversar com Aaron no almoço, na segunda-feira antes do baile.

– Ele nunca chegou a fazer a tal faca. Fez um alimentador para pássaros para dar à *abuela* – disse Aaron, devorando um sanduíche.

– Mas nem por isso eu passo a confiar nele – respondi.

– Vá lá e fale com a Jenny. Espere o momento certo e faça o convite.

– Mas eu não quero convidá-la se ela não gostar de mim. Como vou saber se é verdade? Quais pistas você acha que eu deveria procurar? Contato visual e coisa parecida?

– Cara, eu almoço com você todos os dias e me masturbo umas 10 vezes por semana. Não tenho a mínima ideia. Vá lá e fale com ela.

Mais tarde naquele dia, entrei na sala de aula de oratória, sentei-me atrás de Jenny e esperei o momento certo. Não tenho muita certeza do que eu pensava sobre a forma como o momento certo iria se manifestar, mas aparentemente ele nunca chegou. Na verdade, fiquei tão nervoso com a perspectiva de convidá-la que mal consegui falar com ela sobre assuntos da aula. Em determinado momento, tivemos que nos dividir em pequenos grupos e formular argumentos contra e a favor da legalização das drogas. Quando Jenny me pediu contribuições, eu disse: "Gosto de drogas, mas também não gosto delas." Então saí da sala e fui para o banheiro, onde andei de um lado para outro por alguns minutos para parecer que eu realmente tinha saído por algum motivo.

Depois de passar três dias seguidos olhando para a nuca de Jenny, procurando descobrir o que eu deveria dizer, finalmente juntei coragem para tentar uma conversa. Estava confiante de que tinha encontrado um bom assunto para iniciar o papo.

– Você já experimentou botar queijo nacho em Cheetos apimentados?

– Já. É bom – disse ela.

– É.

E eu não disse mais nada pelos 54 minutos restantes da aula.

No caminho para casa depois da aula, entrei em pânico. Faltavam dois dias para o baile e, se não conseguisse uma acompanhante depressa, acabaria sozinho em casa na sexta-feira, assistindo a algum filme. A decisão de Aaron havia motivado todos os nossos outros amigos a se arriscar e arranjar acompanhantes, e a ideia de ficar sozinho vendo *O predador* estava me deixando doente.

Fiquei tão angustiado em relação ao baile que só quando entrei em casa e vi meu pai segurando as chaves do carro com um grande sorriso no rosto me lembrei de que aquele era o dia do meu segundo exame de direção.

– Vamos enfiar esse exame no rabo do Departamento de Trânsito! – gritou.

Ele jogou as chaves do Oldsmobile na minha direção e me levou para fora de casa. Pegou o jornal no gramado diante da casa, abriu a porta do banco traseiro e entrou.

– Por que você não vai no banco da frente? – perguntei.

– Sempre quis andar com motorista – disse ele, estendendo o braço e batendo a porta.

Sentei no banco do motorista, dei a partida no grande sedã prateado e comecei a viagem até o Departamento de Trânsito. Papai abriu o jornal e ficou lendo em silêncio por alguns minutos, antes de baixar a parte de cima e me olhar pelo espelho retrovisor.

– Ei, rapidinho. Não quero inundar seu cérebro com um monte de merda, mas posso lhe dar um conselho? – perguntou.

– Claro.

– Não confie nos seus instintos.

– O quê?

– Seus instintos são uma bosta – disse ele, voltando ao jornal.

– E você vai me dizer uma coisa dessas e voltar a ler o jornal?!

– Bem, a pessoa não tem realmente a sensação de andar com motorista se não fizer algo assim, como ler o jornal – falou.

– É uma coisa muito maluca para me dizer antes do exame! – gritei.

Ele voltou a baixar as páginas do jornal, revelando uma expressão curiosa.

– O que está preocupando você?

– Você – falei, começando a ficar agitado.

– Olhe aqui, acalme-se. Não foi uma provocação. Só estava querendo dizer que todas as vezes que você fica pouco à vontade e tem a opção de evitar lidar com o problema, você evita. Por isso, tudo o que estava lhe dizendo era o seguinte: quando você estiver com o cu na mão, não dê ouvidos aos seus instintos, porque eles mentem.

Ele voltou a ler o jornal e nós percorremos o resto do caminho até o Departamento de Trânsito em silêncio. Eu fervilhava de raiva ao longo do percurso, pensando no que meu pai dissera. *Eu nem sempre evito lidar com os problemas. Ele nem sabe o que eu faço. Só fica perto de mim durante uma hora por dia...*, falei a mim mesmo, mais furioso a cada minuto.

A voz do meu pai ficou ecoando na minha cabeça durante a hora seguinte, enquanto fiquei sentado sozinho na sala de espera, e me acompanhou quando meu nome foi chamado. Segui o examinador até o carro e a prova começou. A verdade era que eu não tinha como responder à acusação do meu pai e aquilo me deixou furioso. Com o funcionário do Departamento de Trânsito no banco do carona ao meu lado, peguei a autoestrada, mas dessa vez estava tão preocupado que fiz tudo certo. Estava obcecado tentando encontrar alguma situação em que eu houvesse enfrentado um problema difícil, em vez de evitá-lo. Meus pensamentos acabaram me levando à Jenny e ao convite para o baile de volta às aulas. *Foi uma coisa difícil, mas isso eu não evitei*, pensei, enquanto me dirigia à saída da autoestrada e parava completamente antes da placa de pare. Então me lembrei de que ainda não havia realmente feito o *convite* a Jenny. Só havia *decidido* convidá-la. Um pouco abalado, virei à esquerda e parei o carro mais uma vez no estacionamento. Estava me sentindo um fracasso total.

– Você passou. Parabéns – disse o examinador enquanto eu botava o carro em ponto morto.

De início nem ouvi o que ele disse. Mas ele repetiu e finalmente a ficha caiu. Eu havia passado no exame de direção. Tinha conquistado um dos meus dois objetivos. Papai estava errado! Saí do carro e bati a porta, vitorioso.

– Passei na prova! – anunciei para meu pai, ao encontrá-lo no estacionamento.

– Caramba! Muito bem! – disse ele.

– Pode engolir! – falei, apontando para ele.

– Engolir o quê? – perguntou ele confuso, franzindo as sobrancelhas.

– Você achou que eu não ia conseguir. Mas eu consegui. Sabe por quê? Porque eu posso fazer um monte de coisas que você acha que eu não consigo – afirmei triunfante.

– Hum, tudo bem. Não tenho ideia de que merda você está falando, mas como você preferir, meu filho.

Senti-me senhor de mim, como uma daquelas mulheres maltratadas da TV que aprendem a enfrentar o marido. Agora só precisava convidar Jenny para o baile.

No dia seguinte, entrei na minha aula de oratória e sentei na frente de Jenny, cheio de determinação. Era agora ou nunca. Eu ia convidá-la para ir ao baile sem rodeios. Virei-me na cadeira para encará-la.

– Ei, hum, Jenny, você... gosta do lugar onde você mora?

– Aham, gosto – respondeu ela.

– Legal – exclamei, voltando a olhar para a frente.

Respirei fundo e me virei de novo.

– E aí, hum, não sei se você está sabendo ou não do baile, é uma coisa legal também, não é?

– Se eu estou sabendo do baile?

– Eu estava pensando... Não sei se você já tem companhia para o baile, ou se alguém chamou você ou não, mas se ninguém convidou, ou se convidaram e você recusou, ou seja o que for, eu estava pensando se você ia querer... ou se eu poderia levar você ao baile amanhã.

Aquilo era o melhor que ela poderia extrair de mim. Recostei-me na cadeira e esperei a resposta.

– Ok. Está bem – disse ela.

– Beleza! – falei.

Voltei-me para a frente e descobri que nossa professora nos olhava. Eu estava tão feliz que mostrei os dois polegares para ela, fazendo sinal de joinha, e passei o resto da aula revivendo a vitória na minha cabeça, apreciando cada minuto.

– Pai, tenho companhia para ir ao baile de volta às aulas, por isso vou precisar do carro – falei, cheio de orgulho, quando ele chegou em casa naquela noite.

– Bom para você! Parabéns, filho. Mas nem pensar. Meu carro não é um palácio do sexo. Vou lhe dar dinheiro para pegar um táxi.

Na noite seguinte, voltando para casa depois do baile, no banco traseiro de um táxi dirigido por um sujeito que parecia um Ernest Hemingway viciado em drogas, ao som de "Informer", do Snow, no rádio, eu me virei e beijei Jenny na boca. Foi o meu primeiro beijo.

PODERIA ME PASSAR A GARRAFA DE LICOR DE MENTA, POR FAVOR?

Se eu havia aprendido alguma coisa com aqueles milhares de horas de filmes, era que coisas incríveis aconteciam na festa de formatura. As pessoas perdiam a virgindade, as rixas com os brigões eram resolvidas, uma banda muito famosa podia aparecer inesperadamente para tocar e um nerd podia acabar ficando com a rainha do baile. Como o final do último ano do ensino médio se aproximava, enquanto alguns colegas se concentravam em seus planos para o verão ou na perspectiva de mudar de estado para ir para a faculdade, eu estava determinado a viver o baile de formatura mais incrível que eu pudesse imaginar.

O primeiro e mais importante item da lista era encontrar a acompanhante certa. Em geral, eu não mirava as estrelas quando se tratava de me aproximar de mulheres. Normalmente só convidava uma garota para sair se eu descobrisse que ela gostava de mim. Eu me apegava a alguma qualidade dela que apreciasse – ou pelo menos à que eu não achasse questionável – e a usava para me convencer de como era intensa a química entre nós. Era como resolver que o Olive Garden era o melhor restaurante do mundo só porque ele tinha um grande estacionamento. Mas o baile de formatura era o ponto alto do ensino médio, e eu estava determinado a arranjar uma companhia que fosse capaz de me ajudar a transformar aquela noite no que eu sonhava havia tantos anos.

Meu alvo era Nicole D'Amina, que se sentava a algumas carteiras de distância de mim nas aulas de inglês avançado, no primeiro tempo. Ela era inteligente, madura e tranquila, mas não desprezava o tipo de humor infantil dos meus amigos. Ela havia me conquistado numa manhã de segunda-feira, no início do ano, quando teve um acesso de riso depois que nosso professor de inglês disse: "Sinto muito pelo cheiro. O zelador passou por aqui no fim de semana e deu uma pintada nas paredes." Com cabelo castanho-escuro na altura dos ombros, olhos verdes e cintilantes e pele morena, ela também era extremamente atraente.

– Ela tem uma bunda inacreditável, cara. É uma loucura. É uma bunda de louco – disse meu amigo Dan, enquanto saíamos da sala de aula certo dia.

– É. Ela também é superlegal. Estava pensando em convidá-la para a festa de formatura.

– Não quero estragar seus planos, mas ela não vai ao baile com você. Ela só fica com caras da universidade.

– Você tem certeza disso? – perguntei.

– Mais ou menos. Acabei de inventar isso. Mas *parece* que ela só fica com universitários. Tipo... eu posso imaginar um deles transando com ela, mas não consigo imaginar você transando com ela.

Eu também não conseguia me imaginar fazendo sexo com ela. Mas a verdade é que eu realmente não conseguia me imaginar transando com ninguém. Eu mal havia tocado o peito de uma garota. Desde o meu primeiro beijo, eu tinha saído com algumas meninas e tivera algumas sessões de amassos intensas o bastante para provocar uma irritação na minha coxa. Mas estava pronto para ir adiante.

– Vou convidá-la. Se ela recusar, recusou. Não é nada de mais – persisti.

– É, mas se ela recusar, todas as garotas vão saber, porque esse é o tipo de assunto que elas comentam. Aí, quando você tentar convidar outra, elas vão saber que não passam de segunda opção e vão recusar também.

Eu fiquei ressentido pela declaração de Dan de que ele havia "soltado a porra de uma bomba lógica" sobre mim, mas ele tinha razão. Eu não queria correr o risco de perder aquela que poderia ser a melhor noite da minha vida por ser ambicioso demais e convidar alguém muito além do meu gabarito. Minutos depois, eu já havia alterado meu plano original de chamar Nicole e decidido convidar alguém que eu sabia que aceitaria.

Essa pessoa não muito especial era uma colega chamada Samantha. Ela era pequena e magra, com uns olhos fundos que a faziam parecer uma daquelas criaturas dos filmes do Tim Burton. Nós dois éramos geralmente os primeiros a chegar na aula de inglês, e ela costumava se aproximar da minha carteira e perguntar como eu estava me saindo na matéria e se precisava de ajuda com o dever de casa. Samantha raramente falava com outras pessoas, por isso eu tinha certeza de que ela estava a fim de mim.

No dia seguinte esperei até o final do primeiro tempo e me aproximei dela na saída da sala.

– Ei, Samantha – disse, seguindo-a porta afora.

– Ei. E aí? – respondeu ela com animação, enquanto nos dirigíamos para a quadra.

– Estava pensando se você gostaria de ir à festa de formatura comigo – falei com confiança.

– Hum, eu...

Enquanto a voz dela falhava, ela começou a acelerar o passo. Tentei manter o ritmo.

– Você ouviu o que eu disse? – perguntei, ofegante.

Mas então seu passo se transformou em um trote e, em seguida, numa verdadeira corrida, ziguezagueando pela multidão como se estivesse tentando driblar a defesa adversária num jogo de futebol. Em 10 segundos, estava 15 metros à minha frente. Disparei atrás dela por algum tempo, mas ela continuou a correr e, 10 segundos depois, fingiu que ia entrar à esquerda, mas fez uma curva brusca para a direita e desapareceu.

Algumas horas depois, na aula de educação física do sexto tempo, sentei-me na arquibancada do campo de futebol com Dan e nosso amigo Robbie. Enquanto amarrávamos os tênis, contei o que havia acontecido.

– Mas que porra é essa? – perguntou Robbie.

– É, ela simplesmente saiu correndo – respondi.

– E por que você saiu correndo atrás dela feito um maníaco? – perguntou Dan.

– Só corri atrás dela. Não a persegui como um doido... – retruquei.

No fundo, fiquei surpreso e magoado por Samantha não ser a moleza que eu imaginava. E faltando apenas nove dias para a festa, eu ainda não tinha companhia e já começava a me preocupar. Ainda chateado pela rejeição, no dia seguinte tentei chorar misérias com um colega que, segundo eu ouvira, era o único sujeito da turma, além de mim, que não tinha companhia – um filipino durão e atarracado chamado Angel. Antes da aula do quinto tempo, virei-me para ele e disse:

– As garotas são exigentes demais com essa história de escolher o acompanhante para a festa, não são?

– Talvez sejam quando olham para essa sua cara magrela. Arranjei companhia na semana passada. Ela é do meu bairro. Meu irmão diz que ela gosta de transar sem camisinha – disse ele, todo orgulhoso.

Eu era oficialmente o último dos moicanos.

– Eu vou com você – disse uma voz baixa.

Quando olhei para ver quem era, dei de cara com a ex--namorada de Robbie, Vanessa, sentada atrás de mim. Ele havia terminado o namoro alguns meses antes porque, segundo ele, "acho que nós dois considerávamos o outro meio burro". A oferta me pareceu um pouco estranha, e talvez ela não fosse nenhuma Nicole, mas era bonitinha e Robbie sempre dizia que ela ficava doida. Por conta de sua proposta, alimentei uma breve fantasia na qual "ficar doido" envolvia beber, dançar, passar a mão em peitinhos e talvez até perder a virgindade. Sorri para Vanessa e disse que precisava conversar com Robbie antes, mas que adoraria ir ao baile com ela.

Enquanto nos dirigíamos para o treino de beisebol depois da escola, perguntei a Robbie se haveria algum problema caso sua ex me acompanhasse ao baile.

– Por mim, você pode até transar com ela. Não me importo nem um pouco – disse ele.

E, assim, no dia seguinte, aceitei a gentil oferta de Vanessa.

– Só não quero ir na mesma limusine com Robbie e seus amigos – disse ela, cutucando a borracha na ponta de seu lápis. – Mas isso não tem nada a ver com Robbie. Você pode contar para ele – acrescentou.

Fiquei decepcionado por não poder ir ao baile junto com meus amigos e suas acompanhantes, mas eu ia com uma menina bonitinha e estava otimista, acreditando que aquela ainda poderia ser a melhor noite da minha vida.

Na sexta-feira seguinte, dirigi os três quilômetros até a casa de Vanessa a bordo do Oldsmobile Achieva 1992 da minha mãe. Estava com os olhos arregalados de tanta animação. E também suando muito, a ponto de parar o carro antes de chegar na casa dela, desabotoar a camisa e secar as axilas com uma camiseta velha. Vanessa estava linda. Usava um delineador preto e seu cabelo parecia milhares de sinuosas batatinhas fritas. Eu estava vestindo um smoking preto e branco que havia alugado no shopping e que era dois tamanhos acima do meu. Mas eu o havia escolhido porque, quando o experimentei, o vendedor adolescente me disse que eu parecia "um cara durão de verdade". Meu pai achou que eu parecia mais "um pinguim raquítico".

Antes de partirmos, a mãe de Vanessa disse que queria tirar uma foto.

– Ponha o braço em volta dela – falou a mulher por trás da câmera, enquanto nós dois posávamos sem jeito, na entrada. Minha empolgação era tamanha que transpirei demais e, quando tirei o braço do ombro de Vanessa, vi que tinha manchado o vestido dela.

No caminho para o baile, Vanessa ficou estranhamente calada. Mexi um pouco no ar-condicionado do carro e então, finalmente, tentei quebrar o gelo.

– Tudo bem? – perguntei animado.

– O que o Robbie disse quando você contou que ia ao baile comigo? – perguntou ela.

– Disse que não tinha problema, que não se importava – respondi, com alguma hesitação.

– Só isso? Ele disse que não se importava?

– É.

– O que ele disse *exatamente*? – perguntou de novo, retesando os músculos da mandíbula.

Lembrei que ele comentou que eu podia até transar com ela e engoli em seco.

– Foi a única coisa que ele disse. Que não tinha problema e que não se importava – repeti.

– Tudo o que ele disse foi "Não tem problema, eu não me importo"? Ele deve ter dito mais *alguma coisa*.

– Foi tudo. Foi tudo o que ele disse. Eu juro.

– Ah, quer saber? O Robbie que se foda! Ele não se importa? Claro que se importa! Ele é um mentiroso de merda.

Ficamos em silêncio no carro enquanto ela fitava a janela como se fosse uma condenada a caminho da penitenciária. Quando chegamos ao hotel envidraçado no centro de San Diego onde a festa estava sendo realizada, parei o carro no estacionamento subterrâneo e me abaixei para retirar de baixo do banco a garrafa de licor de menta que eu conseguira depois de subornar um mendigo para que ele a comprasse para mim. Ofereci a Vanessa o primeiro gole, e ela pegou a garrafa pelo gargalo e entornou como se estivesse tentando apagar uma lembrança amarga. Nos cinco minutos seguintes, bebemos em silêncio até que senti meu rosto dormente. Então guardei a garrafa quase vazia sob o assento e saímos do carro, indo para o elevador.

À medida que a bebida começava a fazer efeito, me senti à vontade para falar o que me viesse à cabeça:

– Então você não queria vir comigo, não é?

Vanessa olhou para mim com um ar de incredulidade.

– Você é retardado? Meu ex-namorado está lá dentro com outra garota – falou, começando a chorar. – Preciso me sentar ou vou vomitar – acrescentou.

Cambaleamos pelo tapete vermelho sujo que cruzava o saguão do hotel, decorado com luminárias metálicas bregas, poltronas de poliéster verde e algumas mulheres que presumi serem prostitutas. Ao passarmos, uma delas levou a mão até uma das narinas, cobriu-a com o polegar e expeliu uma bola de catarro que foi parar no chão, perto de seus pés.

Atravessamos as portas duplas na outra extremidade do saguão e entramos num imenso e escuro salão de baile onde uns 300 colegas nossos se balançavam ao som de uma música. Por votação, nossa turma havia escolhido que a festa seguiria a temática rastafári. Por isso o salão estava tomado por retratos de Bob Marley e adesivos com o título de uma de suas músicas mais famosas, "One love", que já tinham sido rabiscados e substituídos por vários palavrões.

Vanessa e eu nos sentamos do outro lado da pista, perto de uma petisqueira com biscoitos ressecados, pastas estragadas e cubinhos de queijo comprados no supermercado. Foi onde permanecemos pelo resto da noite, em silêncio na maior parte do tempo, observando enquanto nossos colegas riam, dançavam e conversavam. A cara feia de Vanessa evitou que qualquer um dos meus amigos se aproximasse, e não tive dúvidas de que esse era seu objetivo. Nicole passou por nós algumas vezes, a caminho do banheiro, e embora eu quisesse dizer alguma coisa a ela, tudo o que consegui foi dar um sorriso. O sonho da festa de formatura – de dançar, passar a mão em alguma menina, bater nos brigões, perder a virgindade – estava morto e não havia como ressuscitá-lo. Fiquei decepcionado e me sentindo um idiota por me permitir ficar tão empolgado com uma festa estúpida e por achar que ela poderia ser diferente do resto do ensino médio. Me afundei na poltrona e enfiei um punhado de salgadinhos na boca.

Quando o DJ anunciou que a música seguinte seria a última, a maioria das pessoas estava suando havia horas, e o lugar cheirava como a cabine de um banheiro público. Ao som dos primeiros acordes de "Crash", do Dave Matthews, todos os meus colegas pegaram suas acompanhantes e foram para a pista de dança – mas bastou um olhar de Vanessa para que eu entendesse que deveria segui-la até a saída mais próxima e levá-la para casa.

– Estou bêbada – disse ela, entre soluços, depois de alguns minutos em silêncio no carro. – Desculpe ter chamado você de retardado e espero não ter arruinado a sua noite – acrescentou. Quando chegamos, ela saltou do carro da minha mãe e subiu a escada sem nem olhar para trás.

No carro, enquanto via a porta da frente se fechar, respirei fundo. Eram 10 horas da noite e minha festa de formatura tinha sido exatamente o oposto de tudo o que eu havia sonhado. Na minha imaginação, mesmo na pior das hipóteses, tudo dava errado porque eu socava alguém que detestava e era levado embora pela polícia. Aquilo era uma decepção total.

Eu não podia deixar que a noite terminasse daquele jeito. Decidi, então, dar meia-volta e ir ao cais de San Diego, onde acontecia uma festa para esticar a noite autorizada pela escola, com temática de cassino, num restaurante chamado Bali Hai.

Quando cheguei lá, meu professor de história do segundo ano, o Sr. Bartess, estava na porta com um fichário na mão. Ele me olhou de relance, conferiu o fichário e sacudiu a cabeça.

– Aqui consta que você já entrou. Sinto muito, mas não é permitido sair e entrar de novo. É o que está escrito no seu ingresso. Não podemos permitir que as pessoas saiam para consumir drogas ou coisa parecida e depois voltem para cá doidonas – disse ele.

– Mas eu ainda não entrei. E não uso drogas.

– Escute, você pode estar dizendo a verdade, mas isso também parece o que alguém que deixou a festa para se drogar diria. É por isso que não permitimos que quem já saiu entre novamente, para que eu não precise decidir quem pode voltar ou não.

Eu não tinha energia para continuar a discussão. Os sons abafados da música e das risadas no interior do Bali Hai ficavam cada vez mais longe conforme eu caminhava pelo calçadão, que se erguia a apenas três metros sobre a serena superfície do oceano, e voltava para o estacionamento onde eu deixara o carro. Estava completamente escuro, a não ser pelas luzes da cidade cintilando do outro lado da baía.

Enquanto eu me aproximava da vaga, reparei que a uns seis metros de distância alguém tentava jogar uma grande pedra na água lá embaixo. Quando me aproximei, percebi que era Michael, o garoto mais durão da equipe da Liga Mirim, meu cúmplice no maior roubo de revistas de sacanagem que nosso bairro já testemunhara e a pessoa mais destemida que eu conhecia. Não mantinha contato com ele desde aqueles tempos. Tudo o que eu sabia era que Michael havia sido expulso da escola no ensino médio, depois de entrar numa discussão com um colega, roubar a bicicleta dele, andar mais de três quilômetros com ela até os penhascos sobre o Pacífico e jogá-la no mar.

– Ei! – gritei, indo em sua direção.

– Dane-se! Ou vai me proibir de jogar pedras, seu babaca? – berrou em resposta.

– Não! Sou eu, Justin Halpern – falei.

– Sei disso.

Ele pousou a grande pedra no chão e caminhou na minha direção. Estava usando uma camiseta regata e calças, com uma camisa social amarrada na cabeça como se fosse uma bandana. Seu corpo havia se tornado mais esguio desde os tempos da Liga Mirim, mas o rosto endurecera e ele parecia intimidador como sempre.

– O mágico ainda está lá dentro? – perguntou ele, apontando para o Bali Hai.

– Não sei. Não me deixaram entrar. Disseram que eu já tinha saído e que não poderia voltar.

– Ah, merda! Desculpa. É que eu usei o seu nome para entrar.

Ele tirou um baseado do bolso e o acendeu. Resolvi que provavelmente deveria ir embora antes que aquela combinação de Michael e drogas me levasse para a cadeia.

– Tudo bem, cara. Bom ver você – falei, indo para o carro.

– Você pode descobrir se o mágico ainda está lá dentro? – perguntou.

– Por quê?

– Ele estava fazendo um truque idiota, tentando fazer um baralho desaparecer. Ele disse algo do tipo "Alguém sabe onde o baralho se meteu?". Então eu levantei a mão e falei: "No seu rabo." O sujeito mandou me expulsarem.

Descobrir se o mágico ainda estava na festa parecia ser bastante fácil, e senti algum orgulho por Michael me pedir um favor. Então fui perguntar ao Sr. Bartess, que confirmou que o mágico continuava lá dentro. Depois voltei e contei a Michael, que estava terminando o baseado deitado sobre as rochas pontudas entre o calçadão e o mar.

– Vou voltar lá – disse Michael, sentando-se depressa. – Se você vier comigo, eu o ajudo a entrar.

– Hum... Não sei, não, cara. Se pegam a gente, não vai ser legal. Acho que vou para casa.

– Tudo bem. Vou sozinho, então – disse ele, sem hesitação.

– E se prenderem você ou coisa parecida? – indaguei, imaginando se o Michael alguma vez pensava antes de agir.

– Olha só: tudo o que eu sei é que aquele mágico pensa que eu sou a puta dele. E eu não vou sair daqui antes de mandar ele se foder.

Meu instinto me dizia que era hora de partir. Não precisava que aquela noite piorasse ainda mais. Mas pensei no que significava partir. Dirigiria até a minha casa, deitaria na cama, apagaria as luzes e seria o fim da festa de formatura – e, na verdade, o fim do ensino médio. Talvez eu não tivesse estado no tipo de baile que costumava ver no cinema, mas ser penetra na festa com Michael parecia uma nova chance.

– Tudo bem. Vamos nessa – falei.

Nós nos aproximamos do restaurante, contornamos os fundos e esperamos que alguém da cozinha abrisse a porta de serviço. Quando um cozinheiro grandalhão de uniforme branco saiu carregando um imenso saco de lixo, passamos disfarçadamente por ele e entramos na cozinha, que estava escura e vazia. Atrás da porta do salão, dava para ouvir os ruídos da multidão.

– Quando a gente entrar, é melhor ficar num canto por um tempo, para ninguém reparar – disse.

– Fala sério! Isso é uma idiotice! – respondeu Michael, e empurrou as portas da cozinha, entrando num salão cheio de mesas cenográficas de Vinte e um e folhas de palmeira falsas. Foi diretamente até o mágico, de uns 40 anos, meio calvo, que estava cercado por uma dezena dos meus colegas, todos olhando para ele como se estivessem drogados ou *realmente* interessados nos seus truques.

Michael empurrou um garoto magrelo e se plantou bem diante do mágico.

– Ei, você, seu merda! – gritou.

O mágico e todos os que estavam à sua volta ficaram paralisados, encarando Michael, imaginando o que estaria por vir.

– Vai se foder! – bradou Michael.

O rosto do mágico ficou completamente vermelho. Ele se virou para a direita e, antes que sua capa pudesse acompanhar o corpo, chamou a segurança aos berros. Numa questão de segundos, dois sujeitos grandes vestindo jaquetas pretas com as palavras EQUIPE DE APOIO escritas nas costas atacaram por trás e agarraram Michael, que se deixou cair, obrigando os guardas a arrastarem seu corpo inerte para fora do restaurante, enquanto ele gritava vários palavrões. Bem no momento em que eles o levaram para fora, ele ergueu os braços em triunfo e berrou:

– Foda-se todo mundo!

Olhei em volta no salão e vi que nenhum dos meus amigos estava lá. Provavelmente já estavam instalados em quartos de hotel em algum lugar. Estava quase indo embora quando avistei Nicole perto do balcão de sorvetes. Ela usava um vestido longo e claro que contrastava perfeitamente com sua pele morena. Enquanto eu a observava colocando confeitos sobre o sorvete, percebi que minha noite de formatura já tinha começado a dar errado duas semanas antes, quando não tive coragem de convidá-la. Ali estava minha chance de redenção. Ainda perturbado com a cena protagonizada por Michael, percebi de repente que aquele poderia ser o meu momento *Foda-se!* Caminhei na direção de Nicole cheio de determinação, coisa que eu não fizera a noite inteira.

– Oi – falei, tocando-lhe o ombro com delicadeza.

– Ah, oi! – disse ela, abrindo um sorriso e me dando um abraço.

– Como foi a sua noite? – perguntei.

– Incrível. E a sua?

– Bem incrível. Então... acho que isso que eu vou dizer vai parecer superesquisito, mas eu queria mesmo era ter convidado *você* para a festa.

Assim que eu disse aquelas palavras, pareceu que meu coração ia sair pela boca.

– É mesmo?

– É – respondi, um pouco sem jeito.

– E por que não me convidou?

– Achei que você recusaria. E aí ninguém mais ia querer ir comigo, porque iam ficar pensando que eram a segunda opção. Mas eu devia mesmo era ter convidado você, não é?

Me senti bem contando aquilo a ela. Mais do que isso, minha mente se encheu de fantasias enquanto eu esperava sua reação. Apesar de ela não ser a minha acompanhante oficial, poderíamos, quem sabe, passar o resto da noite juntos. Talvez pudéssemos começar a namorar. Eu ficaria com o Oldsmobile Achieva da minha mãe por pelo menos mais uma hora, e ainda tinha meio tanque de gasolina. Talvez Nicole e eu ainda pudéssemos dar uns amassos, no fim das contas.

– Aaaaah – disse ela com doçura. Meu coração acelerou ainda mais quando ela sorriu para mim. – Mas eu teria recusado... – acrescentou.

– O quê?

– Sinto muito. Só estou sendo sincera. Você não é mesmo meu tipo. Eu não teria ido à festa de formatura com você.

Naquele momento, um sujeito magro e boa-pinta, com um cavanhaque, veio por trás dela e enlaçou sua cintura. Parecia ter idade suficiente para já estar na faculdade.

– Está pronta? – perguntou ele, baixinho, no ouvido dela.

Nicole assentiu, me deu outro abraço rápido e partiu, de mãos dadas com seu acompanhante.

A rejeição de Nicole não me feriu tanto quanto eu esperava, e a única explicação que eu tinha para isso era que, pela primeira vez naquela noite, eu havia feito exatamente o que eu queria.

VOCÊ É BOM PARA FICAR SENTADO

No outono de 1998, comecei meu primeiro ano na San Diego State University (SDSU), que meu pai costumava chamar de "Harvard sem toda aquela gente inteligente". Embora o campus ficasse a apenas 12 quilômetros da casa dos meus pais e um quinto da minha turma do ensino médio também tivesse se matriculado lá, parecia que uma nova aventura ia começar e eu estava empolgado com a perspectiva.

– Tenho certeza de que ninguém sabia quem eu era na escola – disse a Dan, meu melhor amigo, que também ia cursar a SDSU, enquanto seguíamos para a orientação aos calouros, algumas semanas antes do início das aulas.

– Não sei. Acho que as pessoas sabiam quem você era – disse Dan, entrando na autoestrada 8. – Eu estava contando para um sujeito da equipe de vôlei que nós dois íamos para a SDSU e ele perguntou: "Ele não é o cara que às vezes aparecia na escola de calça de moletom?"

– Eu preferiria ser conhecido por alguma outra característica...

– E quem está ligando para a escola? Vamos para a faculdade. Ninguém conhece a gente aqui. As meninas querem fazer farra com caras malucos. Você poderia ser o sujeito maluco das festas. Ou eu, e você seria o meu amigo.

A ideia de que eu poderia mudar tudo o que não gostava sobre mim e começar do zero parecia atraente. Infelizmente, eu precisaria tentar fazer isso ainda morando com meus pais, porque, apesar de trabalhar durante todo o verão, quando o outono começou só me restavam menos de 500 dólares do dinheiro que eu tinha juntado.

Mamãe compreendeu meu problema e tentou ao máximo encontrar alguma solução.

– Se você quiser trazer alguma mulher para dormir aqui, prometo que não vamos incomodá-lo – disse ela durante o jantar, umas duas semanas após o início do primeiro semestre.

– Mas fique ligado: se encontrar uma mulher disposta a transar com você mesmo sabendo que sua mãe está no quarto ao lado, dê o fora o mais depressa possível – avisou papai.

Apesar da esperança de me reinventar como um destemido animal social, passei o primeiro ano da faculdade de uma forma bem parecida com o ensino médio: saindo com os amigos da escola e sem conhecer praticamente mais ninguém. No quesito festas, a San Diego State parecia pertencer ao primeiro time: era como se todas as escolas tivessem enviado seus integrantes mais doidos para competir numa espécie de torneio. Quando eu ia a uma festa, em geral ficava num canto, movimentando-me apenas quando alguém terrivelmente bêbado tropeçava em mim e dizia algo como: "Vou mijar aqui. Pode ficar na minha frente?" Quando tinha a oportunidade de me camuflar na paisagem, era isso o que eu fazia.

Meu amigo Ryan, que também frequentava a San Diego State, também era um calouro frustrado como eu, então não fiquei de todo surpreso quando, na metade do segundo semestre, ele sugeriu que nós dois viajássemos no verão. Ryan sugeriu que a gente usasse o dinheiro que tinha economizado limpando barcos o ano inteiro e fosse para a Europa fazer um mochilão.

– Todo mundo que eu conheço que foi para lá curtiu várias

festas cheias de gatas e transou à beça – disse Ryan um belo dia, enquanto voltávamos para casa depois das aulas.

– Quantas pessoas você conhece que foram para lá? – perguntei.

– Hum... Acho que conheço só um cara. Mas foi isso o que ele disse.

Para mim bastava. E eu não podia imaginar um companheiro de viagens melhor do que Ryan, meu amigo desde os 5 anos. Ele estava um ano na minha frente e, por isso, só nos aproximamos na faculdade, depois que passei a fazer várias matérias com ele. Esguio e musculoso, com um cabelo desgrenhado quase branco de tão louro, Ryan parecia uma combinação de cientista maluco e campeão de surfe. Com toda a certeza, ele é o ser humano mais alto-astral que já conheci, mas também um dos mais esquisitos, como ficou claro naquela vez na escola em que ele me informou: "Há 50% de chances de que a Lua seja, na verdade, uma espaçonave alienígena que está nos observando." Mas ele também sabia ser convincente – ao menos no que dizia respeito a prazeres mais terrenos –, e juntos reservamos passagens de avião para a Europa, partindo em julho e voltando no início de agosto, bem como passes de trem com direito a viagens ilimitadas.

Na noite anterior à nossa viagem, animadamente enchi a bagagem com todas as cuecas e camisinhas que pude encontrar. Eu ainda era virgem, mas tinha certeza de que a Europa daria um jeito nisso. Não visitava outro país desde que tinha 3 anos, e passara todo o segundo semestre do meu ano de calouro esperando por essa viagem. Seria a primeira aventura de verdade da minha vida, embora eu tivesse parado de me referir a ela desse modo depois que meu irmão me disse que era "a coisa mais gay que ele já tinha ouvido na vida". De qualquer maneira, eu mal podia conter o entusiasmo quando meus pais vieram até o meu quarto no momento em que eu enfiava uma escova de dentes no minúsculo bolso da frente de uma imensa mochila cheia de compartimentos.

– Muito bem. Duas coisas, rapidinho – disse meu pai, sentando-se na cadeira da minha escrivaninha. – Você sabe como fico puto quando dirijo por San Diego e algum babaca num carro alugado não sabe para onde vai?

– Sei – respondi.

– Pois é. Lá na Europa o babaca no carro alugado vai ser você. Respeite o povo e a cultura de cada lugar, está bem? Não quero ter que ir até lá tirá-lo de uma prisão secreta porque você ficou bêbado e mijou em algum monumento sagrado.

– Vou estar com o Ryan – respondi.

– Falta muito pouco para esse sujeito comer a própria merda. Você não está contando com uma grande vantagem.

– Ligue para casa a cada 15 dias, para a gente saber que você está bem – disse mamãe.

– Não sei se vai haver um telefone disponível por perto.

– Você não está comandando a porra de uma expedição para a Antártida. Encontre um telefone e ligue – insistiu meu pai.

No dia seguinte, Ryan e eu voamos de San Diego para Londres, com escala em Nova York. Após 18 horas de viagem, pouco depois de amanhecer, largamos as mochilas no quarto apertado de um albergue xexelento perto da Trafalgar Square. Tomamos café da manhã num pub das redondezas, enquanto Ryan estudava seu exemplar de *Let's Go Europe* como se fosse recitá-lo em seu Bar Mitzvah.

– Ibiza! – disse ele, erguendo os olhos do livro como se tivesse acabado de descobrir uma pista para resolver o mistério de um assassinato.

– O que é isso? – perguntei entre garfadas de ovos excessivamente cozidos.

– É uma ilha perto da Espanha onde eu acho que as pessoas fazem festa 24 horas por dia – explicou ele, examinando o livro. – Uau! Diz aqui que lá existe uma boate onde duas pessoas simplesmente fazem sexo no meio da pista de dança a noite inteira – acrescentou ele, continuando a ler.

Eu tinha topado em ir para a Europa por causa de lugares como Ibiza, onde me soltar e enlouquecer seriam minhas únicas opções.

Nos dias seguintes visitamos Londres, passando pelo Palácio de Buckingham, pela Tower Bridge e finalmente arranjando uma discussão exaltada com um londrino depois que Ryan sugeriu que o Big Ben deveria ser chamado, na verdade, de "Médio Ben", por "não ser tão grande assim". Depois de conhecer o máximo da cidade, pegamos o túnel sob o Canal da Mancha de Londres para Paris, onde passamos alguns dias visitando os museus e comendo qualquer coisa que levasse manteiga. De Paris, fomos para a Suíça, onde ficamos por vários dias, e depois seguimos para Florença.

Quando chegamos lá, fazia 40 graus. Ficamos num albergue que consistia de dois grandes cômodos entulhados com 20 beliches em cada um – e dois banheiros para toda aquela gente. Ryan e eu nos esgueiramos pela estreita passagem entre as camas até os fundos do quarto, onde as duas camas superiores de dois beliches estavam disponíveis. Na cama inferior do beliche de Ryan encontrava-se um vietnamita muito magro, de uns 20 e poucos anos. Apesar do calor opressivo, ele vestia jaqueta e calça jeans, uma camiseta azul estampada com a cara de Michael Jordan e, para combinar, um par de tênis All-Star azul. Gotículas de suor cobriam sua testa, escorrendo pelo rosto enquanto ele permanecia deitado ali. Ryan estendeu a mão e se apresentou.

– Oi, sou Ry.

– Vietnam Joe – respondeu, com um forte sotaque.

– Você não está com calor com toda essa roupa, Joe? – perguntou Ryan.

– Calor grande – disse o rapaz, pegando um lenço de papel do bolso da jaqueta para secar a testa.

– Se você está com medo de que alguém vá roubar sua jaqueta, não se preocupe, tenho um cadeado na minha mochila... você pode guardar nela sem problemas – ofereci.

Joe não reagiu, por isso apontei para sua jaqueta e, em seguida, para a minha mochila e o cadeado.

– Não – disse Joe.

– Gosto do estilo dele. Está pouco se fodendo para o calor. Está quente, mas ele gosta de ficar de jaqueta. Eu entendo – falou Ryan.

Quando saímos do albergue para jantar minutos depois, Joe nos seguiu, mantendo-se dois passos atrás da gente. Fomos a um restaurante das imediações, com um cardápio que não conseguíamos decifrar e preços que pareciam acessíveis.

– Quer jantar conosco, Joe? – perguntei.

– Sim.

Nós três nos sentamos numa mesa no interior do restaurante, onde havia ar-condicionado; Ryan e eu descobrimos depressa que o vocabulário de Joe era limitado a umas 50 palavras em inglês. A comida era "grande deliciosa", "deliciosa" ou "não deliciosa". As temperaturas eram "grande quente" ou "não quente". Por mais estranho que pareça, havia uma frase completa em inglês: "O ala Ray Allen, do segundo ano, conta com um jogo harmonioso, pronto para a NBA." Ao perceber como nos divertíamos com aquilo, Joe nos mostrou uma figurinha de basquete de Ray Allen que ele guardava na carteira e que continha exatamente a mesma frase. Como Ryan e eu não sabíamos nenhuma palavra em vietnamita, tentamos nos comunicar com Joe usando as palavras em inglês que ele conhecia, para que não se sentisse excluído.

Depois do jantar e nos dias seguintes, Joe se juntou a nós enquanto explorávamos Florença. Estava disposto a participar de qualquer atividade, principalmente se ficassem perto das lojas de artigos de couro. Ele adorava couro, insistia em examinar minuciosamente qualquer estabelecimento que vendesse o material, e, em determinado momento, adquiriu um short de couro bordô, que mais tarde exibiu para nós no albergue, depois de declarar que era "imbatível" – outra palavra que ele encontrara na figurinha dedicada a Ray Allen. Joe era um sujeito boa-praça e divertido de se ter por perto e parecia ter viajado para a Europa por razões idênticas às nossas. Alguns dias depois de conhecê-lo, nós três fomos almoçar num pequeno café perto do albergue e Ryan revelou nosso plano.

– Ibiza – disse Ryan, apontando para a foto de uma das muitas boates da ilha, no guia de viagens espanhol que ele comprara naquele dia.

– Você, eu, Ryan, Ibiza? – perguntei a Joe.

– Grande quente? – quis saber ele, olhando para a foto.

– Grande quente em toda parte, Joe. Há uma onda de calor na Europa – respondeu Ryan.

Joe permaneceu recostado na cadeira por um momento, pensando, enquanto levantava um copo com água gelada e o encostava na testa.

– Garotas grandes? – perguntou Joe.

– Puxa, cara. Um zilhão de garotas grandes. É por isso que estamos aqui, Joe. Esperamos a viagem inteira para conhecer garotas em Ibiza e começar a farra – explicou Ryan.

– Hummmmm – disse Joe.

– Joe, você vai gostar de Ibiza. O harmonioso Ray Allen e seu jogo perfeito para a NBA gostariam de Ibiza.

Joe riu.

– O ala Ray Allen, do segundo ano, conta com um jogo harmonioso, pronto para a NBA.

– Acho que isso quer dizer sim – disse Ryan.

Caminhamos juntos até a estação ferroviária e compramos passagens para Barcelona no dia seguinte, onde pegaríamos a balsa para Ibiza. Devíamos parecer personagens de um daqueles filmes em que três animais que nunca se dariam bem se juntam para encontrar o caminho de volta para casa.

Eu me dei conta de que, nos dias que estavam por vir, eu ficaria completamente fora do ar, por isso resolvi telefonar para os meus pais naquela noite. Depois de conversar com mamãe por alguns minutos, ela passou o telefone para o meu pai.

– E aí, como vão as coisas? Você está aprendendo um pouco de arte e história ou anda ocupado demais tentando enfiar o pinto em qualquer lugar?

– Não, eu aprendi um pouco sobre arte. Passamos umas duas horas no Louvre.

– Que bom. Dois mil anos de obras de arte de valor inestimável e você viu tudo em duas horas. Vá à merda, Da Vinci! – ironizou ele. – E para onde você está indo agora?

– Para uma ilha chamada Ibiza – falei.

– Pronuncia-se Ibissa – respondeu ele.

– Você já ouviu falar?

– Detesto derrubar seus preconceitos a meu respeito, mas eu sou bastante viajado.

– Bom, é para lá que nós vamos – falei, olhando o relógio para ter certeza de que não tinha gastado tempo demais de meu cartão pré-pago.

– Fique à vontade para me mandar tomar naquele lugar, mas por que diabos você vai parar em uma manchinha de merda no meio do oceano?

– Dizem que o lugar é como uma grande festa, 24 horas por dia.

– Parece o pior lugar do planeta. Eu achava que você detestaria uma porra dessas.

– Bom, eu não detesto... – retruquei.

– Bem, você que sabe. De qualquer maneira, divirta-se e não transe com uma mulher se ela estiver drogada.

Para um ser humano normal, não é comum pensar: *Vou mos-*

trar para o meu pai que sei cair na farra, mas esse pensamento ficou ecoando na minha cabeça pelas horas seguintes.

★★★

No outro dia, Ryan, Joe e eu embarcamos no trem para Barcelona. Nosso vagão fedia tanto que parecia já ter sido usado para o transporte de animais abatidos. Não havia ar-condicionado e a composição estava lotada de viajantes suados. Quando finalmente encontramos lugares vazios, Joe já transpirava intensamente por todo o corpo, e sua jaqueta jeans logo ficaria empapada.

Pouco antes de o trem partir, três meninas de uns 18 anos, usando vestidos frescos e mochilas bordadas com a bandeira mexicana, se sentaram na fileira diante de nós. Joe olhou para a gente, depois para as garotas e de novo para a gente. E fez um sinal de joinha com o polegar.

– É uma viagem superlonga. A gente devia puxar papo com essas meninas. Quem sabe, tentar fazer com que elas venham conosco para Ibiza – sussurrou Ry.

– Isso mesmo – respondi, sussurrando também.

– Talvez a gente devesse esperar até que elas se levantem para ir ao banheiro, ou algo assim, e aí engatar numa conversa. Pergunte a elas qual a casa mais esquisita que elas já viram – disse Ry.

– Não acho que essa seja uma boa forma de puxar assunto – murmurei.

– O quê? É claro que é. Não é uma pergunta que exija uma resposta do tipo sim ou não. Elas vão precisar falar sobre a casa e por que é esquisita, e isso começa uma conversa.

Antes que pudéssemos discutir o assunto, Joe já estava cutucando o ombro da garota diante dele. Ela se virou.

– Trem grande calor, sim? – perguntou a ela.

– Está mesmo muito calor. Toda a viagem, em todos os lugares, está muito quente – disse a menina com um forte sotaque espanhol.

– Vietnam Joe – disse ele, estendendo a mão para cumprimentar a garota.

– Abelena – respondeu ela, apertando a mão dele. – Para onde você está indo?

– Ei, somos amigos do Joe. Vocês são do México, não é? Qual foi a casa mais esquisita que vocês já viram por lá? – interrompeu Ryan.

– Vamos para Ibiza – respondi depressa.

– *Fiesta*! – exclamou Joe, sorrindo e sacudindo a cabeça, o que provocou risadas nas meninas.

– Isso é engraçado! – disse Abelena a ele.

Em 20 minutos, as três garotas tinham se virado nos assentos e davam toda atenção ao vietnamita, que mostrava a elas detalhados desenhos a lápis de motocicletas que ele tinha feito num diário.

– Para Joe – disse ele, apontando especificamente para o desenho de uma moto com aparência aerodinâmica.

– Com toda certeza, é a melhor de todas. Posso ver por que você gosta dela – afirmou Abelena, concordando.

– Qual é a minha? – perguntou uma amiga de Abelena, sorrindo como se Joe fosse uma celebridade que ela aguardasse na fila de cumprimentos.

Ryan virou para mim, incrédulo.

– Cara. Não sei o que está acontecendo, mas é uma coisa incrível!

Quando chegamos a Barcelona, Joe não apenas havia convidado Abelena a se sentar ao seu lado, onde ela dormia no momento com a cabeça em seu ombro, como também havia feito com que as amigas se interessassem por nós. Ryan e eu passamos a maior parte das 10 horas de viagem conversando com Eloisa e Anetta, que, como descobrimos, eram calouras na faculdade e moravam na Cidade do México. A casa mais esquisita que elas haviam visto, segundo nos disseram, era uma em Tijuana, que parecia uma mulher pelada gigante. Perto das quatro da manhã, quando quase todo mundo no trem dormia, perguntei a Eloisa se ela e suas amigas gostariam de ir para Ibiza conosco. Ela concordou.

Na manhã seguinte, meus olhos se abriram bem no instante em que nos aproximávamos da estação de Barcelona. Ryan, Joe, as três garotas e eu pegamos nossas mochilas e caminhamos em direção à estação das balsas no porto de Barcelona para comprar passagens para aquela noite. Quando estávamos prestes a entrar na fila, Joe nos puxou para um canto.

– Eu não Ibiza – falou.

– O quê? Você precisa de dinheiro emprestado? – perguntei, pegando a carteira e mostrando-lhe alguns euros, para me fazer entender.

– Não. Dinheiro eu tenho.

– Então qual é o problema? – perguntou Ryan.

Abelena se aproximou com sua mochila.

– Joe e eu vamos juntos para San Sebastián. Foi muito bom conhecer vocês – disse ela. Depois voltou para junto das amigas, trocou algumas frases em espanhol e abraçou-as, despedindo-se.

– Uau! – exclamou Ryan.

– Sim, uau – disse Joe.

– Bem, foi ótimo conhecer você, Joe – falei.

– Sim. Quero diversão para Justin. Diversão para Ryan – retrucou ele.

– Obrigado, cara.

– Eu tenho triste – acrescentou o vietnamita.

– Nós também temos, cara – respondi.

Dei meu endereço de e-mail a Joe e depois Ryan e eu observamos quando ele e Abelena deixaram a estação juntos.

Depois de passar o dia na praia, Ryan, Eloisa, Anetta e eu embarcamos numa barca muito velha, cuja parte externa enferrujada e o piso rachado davam a entender que ela tinha viajado para Ellis Island no verão de 1925. Enquanto nos afastávamos do porto, Ryan e eu ficamos na proa.

– É isso aí, cara. Vamos para a capital mundial da farra. E duas garotas estão indo com a gente. Vai ser uma loucura e nós precisamos enlouquecer também. Não tem desculpa – declarou Ryan.

– Isso mesmo! – concordei.

Não tínhamos dinheiro suficiente para uma cabine a bordo, então nós quatro dormimos em poltronas no deque de observação. Treze horas depois, fomos acordados com o sol na cara, bem no momento em que nos aproximávamos da ilha. Ibiza parecia uma série de colinas cobertas por casinhas brancas no estilo mediterrâneo, descendo até uma praia cheia de luxuosos resorts e o oceano cor de turquesa abaixo.

Quando desembarcamos, percebemos que não sabíamos para onde ir. Todos os outros turistas pegaram táxis e partiram para os resorts, mas não podíamos pagar aquelas tarifas nem íamos desperdiçar dinheiro com um táxi. As ruas estavam desertas e silenciosas como num filme de terror. Demos de ombro, escolhemos uma direção de forma quase aleatória e começamos a caminhar por uma rua estreita quando, de repente, uma voz exclamou:

– Estão perdidos, galera?

Quando nos viramos, demos de cara com um americano bronzeado, chegando na casa dos 30 anos, com calças brancas folgadas, sapatos vermelhos brilhantes e uma camiseta azul berrante, de mangas curtas, que parecia ser feita de lycra. Um par de óculos escuros com lentes amarelas fluorescentes completava o visual. Ele parecia um daqueles animais retratados em documentários na TV mostrando como as espécies mais perigosas do Amazonas usam suas cores para alertar outros animais.

– Posso mostrar a ilha a vocês. Preciso mesmo gastar a onda desse E. Estou subindo pelas paredes no momento – disse ele, passando as mãos no cabelo espetado e em seguida enfiando o mindinho na boca e puxando a bochecha como um peixe fisgado.

Sem ter a menor ideia de para onde estávamos indo, aceitamos a oferta e seguimos na direção oposta da que havíamos escolhido. Enquanto caminhávamos, ele explicou que morava na ilha e trabalhava como promoter para algumas boates.

– Minha tarefa é garantir que a festa seja superlouca. Se não estiver louca o bastante, eu a deixo ainda mais louca – disse ele, andando pelo calçadão.

– E aí, qual é a festa mais louca aqui em Ibiza? – perguntou Ryan.

– Vocês não dariam conta... Se pusessem os pés nessa festa, iriam surtar.

– Tudo bem. Então, qual é a segunda festa mais louca? – perguntei.

– Ainda é louca demais para vocês – respondeu ele.

– Então diga qual festa é louca na medida certa para a gente – disparou Ryan.

Ele nos olhou de cima a baixo.

– Club Pacha – decretou.

Chegamos num albergue que ficava no fim de um pequeno beco, sobre uma oficina mecânica, e nosso guia partiu.

Depois de entrarmos no minúsculo quarto que dividiríamos, Eloisa e Anetta foram juntas ao banheiro e puseram saias e biquínis. Então, fomos todos para a praia. Passamos o dia deitados na areia diante de um hotel, dando goles numa pequena garrafa de vodca que tínhamos levado de Barcelona. Tudo corria como eu esperava. Até as coisas que normalmente me deixariam envergonhado pareciam perder a importância.

– Eu tenho uns pelos esquisitos no peito – falei, enquanto tirava a camisa.

– Eu gosto. Parece uma águia agarrando outra águia – disse Anetta.

– Pode crer! Parece totalmente com uma briga maluca de águias – comentou Ryan.

* * *

Não teríamos dinheiro para pagar as bebidas na boate, então Ryan e eu fomos até uma loja nas proximidades, compramos dezenas de garrafinhas de Skyy Vodka, Captain Morgan's e Jack Daniels e enfiamos tudo nos bolsos das calças, que ficaram parecendo aqueles enchimentos de uniforme de futebol americano. Quando o táxi chegou na porta da Pacha, cada um já havia virado várias garrafinhas e minha língua estava começando a ficar dormente. Diante de nós estava um grande prédio branco com duas imensas palmeiras ladeando a entrada e holofotes roxos iluminando toda a fachada.

Contudo, quando as outras pessoas foram se aglomerando diante da boate, começamos a nos sentir deslocados. Ryan e eu usávamos calças cáqui e eu calçava tênis New Balance, enquanto quase todo mundo à nossa volta vestia roupas totalmente brancas e tão apertadas que parecia que estavam indo a uma competição de patinação de velocidade. Perto deles eu me sentia um senhor de idade a caminho da peça de teatro do neto.

– Cara, parece que todo mundo aqui veio do futuro – disse Ryan.

Empurramos a porta e entramos num salão cavernoso onde o baixo pulsante de música techno acertou-me na cara e fez meu corpo todo vibrar. As paredes tinham uns seis metros de altura e estavam forradas com tecido branco. À nossa volta, focos de luz roxa e branca se movimentavam com tanta velocidade que chegava a dar enjoo. No meio do salão ficava uma pista de dança de concreto apinhada com centenas de corpos suados que se contorciam como se estivessem sofrendo uma crise de abstinência de heroína. Pairando sobre os dançarinos, na cabine do DJ, estava um homem careca de meia-idade usando uma capa e que periodicamente segurava uma luz estroboscópica e a lançava na multidão. Apesar de estarmos em volta da pista, braços e pernas se batiam de forma selvagem e nos atingiam com frequência.

– Cara, as pessoas aqui dançam de uma forma muito esquisita – gritei o mais alto que pude, para que Ryan pudesse me ouvir apesar da música.

– Vamos sair um segundo – berrou Ryan em resposta. Depois levou a mão até a orelha de Eloisa e lhe disse algo.

Nós nos afastamos da pista e subimos alguns degraus até um lounge na cobertura, onde a música era mais baixa. Um grupo de jovens amontoados fumava cigarros. Em uma cabine ao lado, um homem obeso cuja cabeleira começava na altura das sobrancelhas estava sentado com uma mulher incrivelmente atraente no colo e outras duas a seu lado.

– Não podemos inventar desculpas para não cair na farra – disse Ryan, com insistência.

– Do que você está falando? Estou aqui. Estou pronto para a farra.

– Não. Você acabou de dizer: "As pessoas aqui dançam de uma forma muito esquisita" – retrucou.

– E dançam mesmo. Estou apenas fazendo uma observação. E lá vai outra: aquele cara gordo está cercado de garotas lindas. É só uma observação – falei.

– Aquele gordo está na farra. Você fica por aí falando como as pessoas são esquisitas e vai acabar fazendo só isso durante a noite inteira. Eu também faço isso. Mas não podemos fazer essa merda – disse Ryan, com os olhos cada vez mais arregalados enquanto falava.

– Você é o quê? Meu treinador? Não preciso que você faça um discurso, cara!

– Precisa, sim! Porque eu gastei *todo o meu dinheiro* para vir para este lugar, cara. Sabia que eu estava economizando para comprar um bugre? Mas não comprei. Em vez disso, vim para cá. Para cair na farra.

– Por que você estava economizando para comprar um bugre? Onde você ia andar com ele?

– Sei lá. Não importa, porque agora não posso mais comprar. Mas o que eu *posso* fazer é uma baita farra no lugar mais animado de todo o planeta. Vietnam Joe está em algum lugar na Espanha, fala só duas palavras de inglês e está transando com mulheres e essa merda toda.

Ryan tirou três minigarrafas de vodca dos bolsos e as abriu.

– Vamos lá! – falou, jogando a cabeça para trás e despejando o conteúdo das três goela abaixo, uma após a outra.

Eu peguei três garrafinhas de Captain Morgan's e fiz o mesmo, lutando contra a vontade de botar tudo para fora.

– Além disso, o pessoal aqui parece gostar de caras ricos. Então, se alguém perguntar, vou dizer que meu pai inventou um relógio-calculadora e que meu nome é Brian Water – disse ele, jogando as garrafas vazias numa lixeira. – Quem você vai ser? – perguntou.

– Hum... Não sei.

– Gosto do nome Robert C. Manufas. Quer dizer, você decide, mas estou dizendo que gosto dele.

– Que tal: sou Robert C. Manufas e tenho uma empresa de internet que ensina as pessoas a driblar o imposto de renda?

– Pode crer! – exclamou ele, dando um tapinha na minha mão.

Cada um de nós engoliu mais uma garrafinha de bebida. Voltamos confiantes para o andar de baixo. Ryan pegou Eloisa, que permanecia onde a tínhamos deixado, e foi para a pista de dança. Avistei Anetta na pista. Ela estava dando uns amassos num sujeito alto vestido com um macacão branco com o zíper aberto até o umbigo, revelando seu peito depilado. Permaneci ao lado da pista de dança por algum tempo. Nunca me considerei um bom dançarino. Sei fazer apenas um passo de dança: abro bem os braços, me jogo para trás e sacudo o peito para a frente no ritmo da música, como se estivesse sendo repetidamente alvejado pelas costas. Mas naquela noite levei aquele passo ao limite absoluto.

Perdi a noção da hora. De vez em quando, uma nuvem gigante de vapor gelado saía de um dos cantos do salão, o que por alguns segundos tornava impossível enxergar a minha mão bem diante do rosto. Ryan bebeu todas as garrafinhas dele e a maioria das minhas e passou um tempão carregando Eloisa na corcunda e chamando outros casais para brincar de briga de galo, até que um segurança pediu que ele parasse. Dancei até as sete da manhã com qualquer pessoa que cometesse o erro de me olhar diretamente.

Perto do fim da noite, eu estava dançando com uma loura alta e magra, que parecia ter uns 20 e poucos anos. Depois de uma longa sessão de esfregação, ela me levou para uma sacada no andar de cima, onde vi que já estava amanhecendo.

– Você é intenso pra caralho – disse ela, bebendo uma garrafa inteira de água, sendo que a maior parte do líquido escorreu pelo seu queixo até a camiseta regata branca.

– Só estava dançando – respondi.

– Qual é o seu nome?

– Robert C. Manufas – falei, seguindo o que eu tinha combinado com Ryan e de repente me dando conta de que ninguém menciona a inicial de um dos sobrenomes.

– Você tem E? – perguntou ela.

– Ecstasy? Não.

– Merda. Vamos tomar shots de rum, então.

E essa é a última coisa de que me lembro.

No dia seguinte, acordei às cinco da tarde num beliche do albergue. Ryan dormia de bruços no chão só de cueca, com o resto das roupas emboladas sob a cabeça, como um travesseiro. Eloisa e Anetta dormiam de conchinha em outra cama, do outro lado do quarto. Ryan se virou e olhou para mim.

– Acho que apaguei – falei, com uma voz rouca.

– Você se lembra de ir para o meio da pista de dança e desafiar as pessoas para ver quem dançava melhor? – perguntou ele, esfregando os olhos lentamente.

– Não. Como me saí?

– A maioria das pessoas apenas gritou. Depois você roubou uma faca do barman e cortou fora as mangas da sua camisa. Aí o sujeito pediu a faca de volta e você começou a fazer poses de fisiculturista e depois fugiu. Isso foi incrível!

Sorri, vitorioso, e então percebi que estava me sentindo péssimo. Nunca me senti tão mal na vida. Eu me sentei um pouco rápido demais, eu acho, pois imediatamente soltei um jato de vômito sobre um saco vazio de batata frita. Fui limpar a boca com as mangas da camisa – que não estavam lá – e acabei sujando os braços de vômito.

– E o que a gente faz agora? – perguntei a Ryan, dando goles numa garrafa de água que encontrei ao meu lado.

Ryan me entregou um pedaço de papel higiênico enrolado e levou um momento para se recuperar do esforço. Ofegante, disse:

– Agora fazemos tudo de novo.

E fizemos. A noite seguinte foi quase idêntica. As únicas diferenças eram que a boate se chamava Amnesia e rolava uma "Festa Roxa", em vez de branca. Meu nome falso era Peter Schlesinger e eu vendia iates. Dei uns amassos numa desconhecida que me pediu cocaína, em vez de ecstasy, e acordei me sentindo ainda pior do que no dia anterior. Além disso, eu tinha vestido a cueca por fora das calças.

Depois de duas noites em Ibiza, deixamos o albergue e embarcamos de volta para Barcelona. Eu me sentia realizado. Havia viajado para a Europa com a esperança de me tornar alguém que eu nunca conseguira ser na minha própria casa e tinha certeza de que, se pudesse ser mais como o cara dos últimos dois dias, minha vida seria infinitamente melhor. Eu também me sentia muito inchado. Minha barriga estava dura. Parecia que eu tinha entrado no segundo trimestre de gestação. Estava exausto, por isso fui para dentro da cabine principal da balsa e me joguei em uma das centenas de poltronas, fechei os olhos e adormeci.

Cerca de quatro horas depois, meus olhos se abriram. Parecia que eu tinha engolido uma ratazana que agora tentava abrir caminho pelo meu intestino, em busca da liberdade. Tentei voltar a dormir, mas não consegui. Em vez disso, acabei sentado, completamente acordado, curvado na cadeira, até chegar a Barcelona, nove horas depois, quando o sol nascia. Tentei explicar minha agonia para Ryan, que não "acreditava" na medicina tradicional, mas ele desenvolveu sua própria teoria:

– Aposto que é por causa da frequência das ondas desse oceano. Suas células provavelmente não estão acostumadas a elas.

– Não acho que seja isso – respondi, sem forças.

Tentei ignorar a dor e consegui chegar à estação ferroviária, onde embarcamos para Madri. Horas depois, já no albergue, eu mal conseguia ficar de pé. Nosso quarto não tinha janelas e parecia estar 10 graus mais quente do que a temperatura do lado de fora, que beirava os 40 graus. Desabei na cama mais perto da porta e me encolhi em posição fetal, na esperança de me sentir melhor, mas quando aproximei os joelhos do queixo, senti uma dor aguda atravessar minha barriga e subir até meu peito.

– Ry, preciso ir para a emergência de um hospital – gemi.

– Acho que você vai ficar bem. Agora você já está distante do oceano e de suas frequências estranhas – respondeu ele.

– Ry, preciso ir para a emergência imediatamente, cara!

Ryan assentiu e me tirou da cama com cuidado. Pus um dos braços em volta do pescoço dele e descemos as escadas até chegar na rua, onde pegamos um táxi. Cerca de 10 minutos depois, eu estava sentado na sala de espera da emergência de um hospital, quando uma enfermeira se aproximou e disse algo em espanhol que nem Ryan nem eu conseguimos entender.

– Dói quê? – balbuciou finalmente em inglês precário.

– Acho que as frequências do mar perturbaram as células dele – disse Ryan.

– Minha barriga está doendo – falei.

– Onde? – perguntou ela.

Fiz um gesto indicando o abdômen e ela assentiu. Cinco minutos depois, levou-me para uma sala, onde colocou um catéter em meu braço esquerdo para eu tomar soro. Vinte minutos mais tarde, eu estava diante de um aparelho de raios X.

O radiologista balbuciou algumas instruções em espanhol e eu entendi, graças a algumas palavras-chave, que ele queria que eu tirasse a roupa. Logo percebi, pela cara dele, que em momento algum ele havia pedido que eu tirasse a cueca. Então coloquei-a de volta o mais depressa possível, o que na minha condição patética não era tão rápido assim. Depois que ele bateu algumas chapas, esperei com Ryan até que a enfermeira nos conduzisse a um pequeno consultório em que a médica, uma jovem com avental cirúrgico e jaleco, estava atrás de uma mesa, com as chapas espalhadas diante de si.

– *No hablas español, sí?* – perguntou ela.

– Na verdade, não – respondi.

– Tudo bem. Tentar explicar em inglês – retrucou, enquanto erguia uma chapa diante de nós.

– Sua barriga muito zangada. Não funciona. Aqui – disse ela, apontando para duas áreas escuras sob minhas costelas. – Isto é, ah... – acrescentou e depois virou para a enfermeira tagarelando uma pergunta em espanhol.

A enfermeira prosseguiu de onde a médica havia parado.

– Ah, sei que não é o jeito correto de falar, mas, para você entender, muito cocô e peidos – disse ela, apontando para os pontos escuros na chapa.

– Esse é o diagnóstico mais incrível que já ouvi na vida! – exclamou Ryan.

– Obrigada – disse a enfermeira, sem demonstrar qualquer ironia.

– O que isso quer dizer? – perguntei.

– Você tem cocô e peidos de mais na barriga, cara. Está bem claro – disse Ryan, rindo.

– Você comeu drogas? – perguntou a médica.

– Não. De forma alguma.

– Álcool?

– Sim. Bastante.

– Fomos para Ibiza – interveio Ryan.

A enfermeira e a médica trocaram sorrisinhos breves mas satisfeitos, como se tivessem feito algum tipo de aposta.

– Muito bem, Justin – prosseguiu a médica. – Algumas pessoas, elas são muito boas com álcool, elas vão para muitas boates e fica tudo bem. Algumas pessoas, elas são muito ruins com álcool, e boate não é bom para elas. Elas são boas sentadas. Você é bom para ficar sentado.

Ela então veio me dizer que, por conta da drástica mudança em meu estilo de vida nas últimas 48 horas, meu estômago teve uma reação violenta e praticamente parou de funcionar. A constipação e a produção de gases causavam toda aquela dor. Ela disse que eu não teria condições de andar por aí nos dias seguintes e depois me entregou uma receita para aliviar a prisão de ventre e a dor. Agradeci e saímos da emergência, caminhando com dificuldade até a farmácia ao lado.

Enquanto eu revirava a carteira para pagar a conta, reparei no meu cartão pré-pago e lembrei que devia uma ligação para meus pais. Ryan e eu pegamos um táxi de volta para o albergue, onde, exausto, me sentei e liguei para o número dos meus pais. Eles atenderam no primeiro toque.

– São quatro e meia da porra da madrugada – disse meu pai.

– Ah, desculpe. Esqueci.

– Bem, quem diabo está falando?

– Sou eu, Justin, pai.

– Justin? Sua voz está parecendo bosta recém-pisada, filho.

– É, não estou me sentindo bem.

– Não está se sentindo bem? Como assim? – disse ele, e o ritmo da voz se acelerou com a preocupação.

– Tudo bem, mas não conte para a mamãe porque ela vai pirar e eu vou ficar bem. Mas precisei passar na emergência de um hospital.

– Puxa, que droga! Por quê?

Expliquei tudo o que eu havia feito nos últimos dias: Ibiza, minigarrafas de bebida, dor de barriga, raios X, até a receita que eu acabara de receber. Ele me ouviu em silêncio até eu terminar.

– Posso fazer uma sugestão? – perguntou.

– Claro.

– Talvez na próxima vez que você pensar em se embebedar feito um porco a noite inteira, você mude de ideia.

– Pai, eu quase nunca bebo.

– Por isso mesmo. Você não consegue segurar a porra da bebida. Então, talvez encher a cara e sacudir o traseiro não seja a sua.

– A gente só estava se divertindo e tentando conhecer gente, sabe?

– Bem, você não precisa encher a cara e ir para a Europa para fazer isso. Tem um metro e noventa e sua mãe diz que você é engraçado. Eu diria para você apostar nessas duas coisas e ver aonde consegue chegar.

Nos despedimos pouco antes que meus créditos se esgotassem. Depois sentei-me na cama e, pelo que parecia ser a primeira vez em muitos dias, adormeci.

$$\ast \ast \ast$$

Uma semana depois, Ryan e eu estávamos no aeroporto Charles de Gaulle, em Paris, esperando para embarcar no voo de volta para casa. Minha barriga estava infinitamente melhor, embora eu ainda estivesse um tanto fraco e não conseguisse caminhar mais do que alguns quarteirões antes de precisar me sentar. Tínhamos uma hora antes do voo, então resolvi olhar meus e-mails num quiosque com acesso a internet, no terminal. No alto da minha caixa de entrada encontrava-se uma mensagem de Vietnam Joe:

Justin, espero que você tenha uma ótima viagem. Estou usando o tradutor vietnamita-inglês, por isso desculpe pela gramática incorreta. Eu me diverti e conheci muitas muito atraente mulheres. Estou num momento bom e quero dizer que conhecer você e Ryan e eu acho que você é um sujeito muito legal. Você deve conhecer muitas mulheres atraentes. Quero sair com vocês dois um dia, quando visitar os Estados Unidos. Quero conhecer as mulheres que você conhece. Não vou roubar de você. Ah, não, não posso prometer!

Joe

UM HOMEM DE VERDADE TOMA UMAS DOSES E DEPOIS ESFREGA ALGUNS PRATOS

Todos os meus amigos perderam a virgindade entre 16 e 19 anos. Um por um eles sucumbiram, até que, finalmente, aos 20 anos, meu amigo Jeff e eu éramos os últimos virgens da turma. Eu estava no segundo ano da faculdade e vivia numa casa de cinco quartos, caindo aos pedaços, em Pacific Beach, San Diego, junto com Jeff e três outros amigos próximos. Na manhã seguinte à festa que fizemos para comemorar o fim do primeiro semestre, cambaleei para fora do quarto e encontrei meus colegas batendo papo na nossa cozinha engordurada.

– Sobrou leite? – perguntei, esperando afogar a ressaca com cereal de canela.

– Jeff transou na noite passada – disse meu amigo Dan.

Congelei.

Talvez ele esteja brincando, pensei. Olhei para Jeff, que estava no canto bebericando Gatorade com cara de quem venceu sete vezes o campeonato nacional. Percebi então que não era uma piada.

– Jeff transou? O *Jeff*? – repeti, incrédulo.

– Foda-se você também, cara – respondeu Jeff.

– Desculpe, só estou surpreso. Fico feliz por você – falei.

Eu não estava feliz por ele. Imagine se você e um amigo ficam perdidos numa ilha deserta durante cinco anos. Aí, um belo dia, você acorda e vê seu amigo numa jangada no oceano, remando em direção a um navio de resgate. Nesse momento você grita: "Volte aqui! Não me deixe!", e seu amigo ri, acena e continua remando, sem olhar para trás. Foi exatamente como me senti naquele momento. Não parecia tão terrível ser virgem quando eu não era o único. Agora eu me tornara o último sócio daquele clube e me sentia péssimo.

Nunca me senti pressionado pelos amigos para transar. Ninguém se dava bem com tanta frequência assim. Nem mesmo o Dan, que provavelmente fazia mais sexo do que qualquer um de nós, costumava falar muito sobre o assunto, por um motivo que ele explicava com eloquência: "Pratico tênis de vez em quando, mas não saio por aí me gabando, porque jogo terrivelmente mal." Mas agora que Jeff havia transado, eu não podia deixar de me sentir como se eles tivessem se tornado homens e eu ainda estivesse do lado de fora, vendo se poderia entrar.

Não era por falta de tentativa. Não era como se eu conhecesse um sistema especial de me dar bem com as mulheres, mas escolhesse não colocá-lo em prática. Sempre fiquei apavorado ao conversar com elas e, em geral, simplesmente evitava a situação. Quando fui para a faculdade, tentei relaxar e não ficar tão obcecado com isso, esperando que acabasse acontecendo de maneira natural.

Não aconteceu.

Alguns meses depois, terminei o segundo ano na San Diego State. Naquele período, eu jogava na equipe de beisebol e passava mais de 50 horas por semana treinando, jogando, assistindo às aulas e estudando. Não sobrava muito tempo para trabalhar. Assim, quando o verão chegou, eu precisava juntar o dinheiro de que precisaria para o resto do ano. No primeiro dia das férias de verão, Dan e eu saímos no carro dele nos candidatando a vagas em todos os restaurantes, lojas e hotéis que pudemos encontrar. Ao voltar para casa, pouco antes do pôr do sol, paramos num sinal perto da praia. Bem diante de nós, pendurado na fachada vazia em um pequeno centro comercial, encontrava-se um cartaz gigante:

GRANDE ABERTURA
HOOTERS
HÁ VAGAS DE TRABALHO

– Seria engraçado se a gente se candidatasse a trabalhar no Hooters – disse Dan, quando o sinal abriu.

Dirigimos em silêncio por algum tempo.

– A gente deveria tentar – falei.

– É, é uma boa ideia – respondeu Dan, virando o volante subitamente, fazendo um retorno e cantando pneus no meio da rua.

Estacionamos diante do cartaz e entramos. O restaurante ainda estava em obras e o interior estava cheio de operários e material de construção. No canto encontravam-se dois homens sentados numa mesa: um coreano grande, de 20 e poucos anos, e um sujeito branco de um metro e meio, grisalho, com 40 e poucos anos, usando uma camiseta do Hooters e um chapéu. Parecia o tipo de cara que, se não tinha matado alguém com as próprias mãos alguma vez na vida, havia, com toda a certeza, ajudado a esconder o corpo em algum lugar. Nós nos aproximamos, vacilantes.

– Oi, vocês são as pessoas que estão recebendo os candidatos? – perguntei.

– Não. É que a gente gosta de colocar um letreiro enorme na porta para provocar risadas e depois fica sentado por aí esperando que qualquer merdinha apareça para perder nosso tempo conversando com ele – disse o baixinho com uma voz rouca que sugeria que ele fumava desde pequeno.

Dan e eu ficamos em silêncio por um momento, sem saber se deveríamos rir.

– Estou gozando da cara de vocês. Aqui está a ficha. Imagino que vocês estejam querendo uma vaga na cozinha. Sou Bob. Este aqui é Song Su – acrescentou, apontando para o colega.

Dan e eu nos apresentamos, preenchemos os formulários e partimos.

Continuamos a procurar trabalho pelos dias seguintes, mas ainda naquela semana recebi uma ligação de Song Su.

– Vocês conseguiram o emprego. Avise ao seu amigo alto com cara de garota, para que eu não precise fazer duas ligações. O treinamento é na segunda – disse ele.

– Que ótimo! Obrigado! – exclamei.

– Não fique animado. O emprego é uma droga e você vai ganhar salário mínimo. Eu acho. Não consigo me lembrar. Seja como for, paga muito mal. Vejo você na segunda – retrucou ele.

Não me importava que o salário fosse tão horrível. Eu ficaria cercado de mulheres oito horas por dia, cinco dias por semana. Durante o verão inteiro. Eu seria literalmente obrigado a conversar com elas. Talvez, quem sabe, eu até transasse com alguém.

Alguns dias depois, eu estava sentado com Dan e mais oito caras em duas fileiras de cadeiras numa sala do recém-construído Hooters, cuja parede laranja estava coberta com falsas placas de trânsito. Song Su e Bob estavam postados na nossa frente. Bob usava uma camiseta de malha e exibia um bigode que encheria de orgulho qualquer jogador de beisebol dos anos 1970. Dava lentas baforadas num cigarro enquanto se dirigia aos funcionários homens de sua recém-formada equipe.

– Sei o que todos vocês estão pensando. Que vão se dar bem com uma das garçonetes... Foi por isso que aceitaram o emprego.

– Porque o emprego é uma droga – acrescentou Song Su.

– É. O emprego é uma droga – assentiu Bob. E prosseguiu:
– Bem, vou ser o primeiro a dizer isso. O que vocês imaginam provavelmente vai acontecer. É provável que vocês fiquem com alguma delas. Eu fiquei. Depois me casei com ela.

– Uau, está brincando – disse um sujeito na primeira fila.

– Não estou brincando, seu babaca. Eu fiquei com ela. Casei. Tivemos filhos. O pacote completo. De qualquer maneira, façam seu trabalho e não me irritem, e vocês vão se divertir – disse Bob antes de cuspir no chão.

Depois do discurso, ele nos mostrou a cozinha e o frigorífico, que descreveu como "um lugar incrível para ganhar uma punheta, desde que não seja no auge da hora do jantar". Ele terminou a visita entregando camisetas pretas com o logo do restaurante na frente. Depois nos deu as boas-vindas à família Hooters, e o papo se transformou numa bizarra divagação sobre o tempo em que ele havia servido no exército. Ele, então, nos alertou a respeito do "tipo de escória que transa com a mulher de um sujeito quando ele está do outro lado do mundo, chafurdando na merda".

Enquanto deixávamos o estacionamento, uma hora e meia depois, Dan fez um comentário difícil de ignorar:

– Cara, não quero criar nenhuma pressão a mais para você, porque sei que você é todo bolado com essa coisa de virgindade. Mas se aquele tal de Bob conseguiu transar com uma garota do Hooters, você também consegue.

Concordei. Mal conseguia conter minha empolgação. O sexo parecera algo tão fugidio, mas agora eu sentia que faltavam apenas poucos dias para viver essa experiência.

Dois dias depois, Dan e eu entramos no Hooters para nosso primeiro turno de trabalho vestidos com aventais bege e bonés. Percebemos duas coisas muito depressa: 1) Song Su não estava mentindo: o trabalho era realmente uma droga; 2) a maioria das garotas que trabalhavam lá tinha sérios problemas emocionais.

E não estamos falando do tipo que chora demais, mas das que esfaqueiam o namorado com um facão de cozinha e depois se recolhem a um canto e ficam catatônicas. Mesmo se eu soubesse conversar com mulheres assim, ou se eu quisesse – o que não era o caso –, eu ficava tão ocupado com tarefas como limpar, esfregar, preparar asinhas de frango e esvaziar a lixeira que eu não tinha sequer uma oportunidade.

Certo dia eu lavava pratos nos fundos quando Bob apareceu.

– Skippy – disse ele, que nunca se lembrava do nome de ninguém nem tentava disfarçar. – Skippy, hoje não é o seu dia. Vou lhe contar uma história: um cara entra no Hooters, enche a cara e vomita a varanda inteira. Você limpa tudo e depois eu lhe pago uma cerveja e digo que você é um cara legal. Fim. Que tal?

– Detesto essa história, Bob.

– Talvez o problema esteja na forma de contar – respondeu ele, entregando-me um esfregão e um balde.

Apesar de a varanda ficar a menos de 20 metros do oceano, o fedor de vômito era ainda mais forte que o cheiro do mar. Encontrei aquela nojeira e comecei a esfregar quando ouvi a voz de uma mulher.

– Sinto muito mesmo. Eu não deveria ter continuado a servir cerveja a ele – falou.

Eu me virei e vi que quem falava era uma garçonete chamada Sarah. Era alta e magra, com cabelo louro e curto. O uniforme estava tão apertado que fazia seus peitos enormes colarem no queixo. Ela se mantivera bastante calada durante o mês em que eu havia trabalhado ali. Só tínhamos interagido uma vez, na semana anterior, quando ela me perguntou se o feijão tinha acabado. Mas ela falou de uma forma educada, com um sorriso bonito.

– Nada de mais – falei, percebendo de repente como era impossível parecer descolado enquanto se limpa vômito.

– Pago uma cerveja depois. Para falar a verdade, tenho algumas no carro. Podemos beber na praia se você sair logo – disse ela.

113

Depois que Sarah voltou para o serviço, desci correndo para encontrar Dan, que estava com os cotovelos enfiados na massa, empanando asas de frango.

– Adivinhe quem me chamou para beber umas cervejas depois do trabalho? – perguntei.

– Não sei. Mas Bob acabou de me entregar o contracheque. Oitenta e três horas, descontando impostos... Adivinhe quanto deu? Duzentos e quarenta e dois dólares. Pela porra de 83 horas de trabalho, cara. Quase chorei. Sério, quase chorei. Odeio esta merda de emprego. A culpa é sua – disse ele, tirando uma asa do meio da massa e lançando-a contra a parede.

– Você continua zangado ou eu já posso falar? – perguntei.

– Já passou. E aí? Qual é a garota que chamou você para tomar cerveja?

– Adivinha.

– Não sei. Sarah?

– Como você sabe?

– Porque todas se chamam Sarah.

Descrevi a Sarah de que eu estava falando e como a conversa tinha ocorrido enquanto ele preparava as asinhas.

– Bem, no momento não vou conseguir ficar feliz, mas, se conseguisse, ficaria feliz por você – disse ele.

Eu mal consegui esperar pelo fim do expediente. Estava tão empolgado que nem me incomodei quando Bob me fez limpar a lixeira lá fora, cheia de asinhas de frango apodrecendo.

Por volta da meia-noite, depois que terminei de limpar o óleo das fritadeiras, Sarah e eu fomos até seu carro e pegamos as cervejas em temperatura ambiente que ela tinha no banco traseiro. Nós nos sentamos sobre o cimento no calçadão em frente ao mar, abrimos as latas e começamos a beber. Eu fedia a frango cru, farinha e vômito. Porém, depois de alguns minutos de silêncio, comecei a entrar em pânico: lá estava eu de novo, sentado ao lado de uma mulher sem ter a mínima ideia do que dizer.

– Aquele sujeito botou mesmo tudo para fora – falei, tentando quebrar o gelo.

– É, aquilo foi mesmo muito nojento. Prefiro não falar sobre isso – respondeu ela.

– É claro – falei.

Então resolvi que a minha única chance de que as coisas dessem certo seria parar de falar e dar logo um beijo. E foi o que eu fiz – então percebi que ela estava com a boca cheia de cerveja e que meu beijo surpresa fez com que ela engasgasse e cuspisse tudo na minha cara.

– Ai, meu Deus, eu sinto muito, sinto muito mesmo – exclamei, dando-lhe tapinhas nas costas enquanto ela tossia.

– Entrou pelo lugar errado – disse ela ainda tossindo. Finalmente, quando recuperou o fôlego, falou: – Me deixa beber mais algumas cervejas e aí a gente dá uns amassos. Tá bom?

Ela bebeu e nós demos uns amassos. E aí fizemos a mesma coisa na noite seguinte. E na outra. Aí os amassos à noite se transformaram em ficar juntos durante o dia e, antes que eu me desse conta, já estávamos juntos havia um mês. Eu dera uns amassos em algumas garotas antes dela, mas nunca tinha arranjado uma parceira fixa. Sentia-me como um atleta em boa fase. Não sabia muito bem por que estava dando certo, mas estava, e eu não queria estragar tudo.

– Você acha que ela pensa que vocês estão namorando? – perguntou Dan certo dia, enquanto limpávamos a bancada de aço inoxidável nos fundos da cozinha.

– Não sei muito bem. A gente praticamente só dá uns amassos, aluga uns filmes, assiste e não conversa muito. Mas eu gosto dela. Sarah é legal – falei.

– Você tem passado bastante tempo com ela, cara. Se gosta

dela, deveria perguntar se ela é sua namorada, porque se for, aí vocês deveriam transar, e não ficar só nos amassos – disse Dan.

– Arranje alguma ação aí para os países baixos – berrou Bob do escritório da administração, de onde, evidentemente, ele escutava nossa conversa.

Dan tinha razão. Eu gostava de Sarah. Ela era calada, mas muito doce e bonitinha, e a gente gostava dos mesmos filmes. E se eu gostava dela e ela gostava de mim, por que não fazíamos sexo?

Naquela noite, como costumávamos fazer, estávamos dando uns amassos no sofá de couro sintético do pequeno apartamento de Sarah, que ficava num prédio em Rancho Bernardo. Em determinado momento ela se levantou para pegar um copo de água na cozinha e eu a segui.

– É uma pergunta muito esquisita a que eu vou fazer agora, mas você diz para as pessoas que eu sou seu namorado? – perguntei.

Ela acendeu um cigarro e deu algumas baforadas.

– Ninguém chegou a me perguntar. Mas, quer dizer, gosto de ficar com você, então acho que você deve ser – disse ela. – Mas a gente ainda não transou – acrescentou.

– Pois é. É por isso que achei que talvez a gente não estivesse namorando – falei.

– Bom, nós podemos transar. Não transamos ainda porque a gente está saindo só há algumas semanas e fiquei menstruada. Mas por que você não aluga um filme e passa aqui na sexta-feira à noite?

Eu mal consegui dormir nas duas noites seguintes, de tão empolgado que estava. Passara a maior parte da adolescência fantasiando sobre sexo e agora estava prestes a viver aquilo. Pensei em como poderia ser. Talvez eu tirasse o sutiã dela com uma das mãos, dizendo algo legal, sem grosseria. Aí apagaríamos algumas luzes e transaríamos durante uns 45 minutos, uma hora,

116

até que ela tivesse dois ou três orgasmos. A expectativa estava me matando. Eu tivera dificuldades com mulheres a vida inteira; nunca me senti à vontade comigo mesmo, nunca me senti um homem. Me sentia como um menino que tivesse apenas ficado mais velho. E embora não soubesse que atitudes tomar para que eu começasse a me sentir um homem, tinha certeza de que transar era uma delas.

$$\star\star\star$$

No dia seguinte, fui para o trabalho, vesti meu avental e encontrei Dan cortando limão na cozinha.

– Você não voltou para casa na noite passada. Vocês transaram? – perguntou Dan.

– Não. Mas ela disse que eu sou o namorado dela e que a única razão para não termos transado ainda é porque ela ficou menstruada – respondi com orgulho.

– Foi por isso que Deus inventou o cu, meu amigo. Uma porta fecha, a outra se abre – intrometeu-se Bob, a alguns metros de distância.

$$\star\star\star$$

Naquela noite de sexta-feira, algumas horas antes de meu turno terminar, Bob entrou na cozinha para me liberar mais cedo.

– Mas antes de sair – disse ele –, seu amigo magrelo disse que você está prestes a perder o cabaço.

Olhei zangado por trás de Bob e avistei Dan tentando esconder um sorriso enquanto limpava a pia.

– Deixa eu lhe dizer uma coisa – falou Bob, sério, pondo a mão no meu ombro. – Perdi a virgindade aos 14 anos, depois de tomar chá de cogumelo, para uma mulher que pesava 100 quilos e cuidava da lavanderia perto da casa de meu pai. Depois passei as duas horas seguintes dobrado no vaso sanitário dela.

– Tudo bem.

– Estou feliz por ter tido a chance de lhe dizer isso – concluiu, dando tapinhas nas minhas costas.

Entrei no carro e dirigi até a locadora perto de casa, onde aluguei *Questão de honra*. Sarah nunca tinha visto e era um de meus filmes preferidos.

Enquanto dirigia para a casa dela, fui tomado por um misto de nervosismo, empolgação e um pouquinho de náusea. Era a mesma sensação de quando me vi em campo no jogo decisivo do meu último ano na Liga Mirim. Aquilo terminou quando fui atingido no estômago por uma bola rápida e acabei vomitando na base do batedor. Eu torcia para que dessa vez a situação terminasse de forma diferente.

Cheguei ao apartamento dela pouco antes da meia-noite, com um DVD, 12 camisinhas e um bolo de chocolate, o que pareceu uma boa ideia na fila do caixa da loja de conveniência, mas enquanto eu o levava até a porta do apartamento de Sarah, aquilo me pareceu ridículo.

Tomamos algumas cervejas no sofá, depois nos deitamos na cama de casal para assistir *Questão de honra*. Em geral, a gente começava a dar amassos cinco minutos depois do início dos filmes e um dos dois pausava a exibição. Dessa vez, porém, hesitei em dar o primeiro passo, porque durante muito tempo o primeiro passo havia sido o único. Agora supostamente havia um segundo passo: transar.

Vinte minutos do filme se passaram, depois 40, e eu ainda não tinha feito nada. Finalmente comecei a beijar o pescoço de Sarah e levantei sua blusa. Eu não tinha ideia de como abrir o sutiã, por isso o puxei para baixo e, desajeitado, coloquei a boca em seu peito.

– O que você está fazendo? – perguntou Sarah.

Levantei a cabeça.

– O quê? – perguntei.

– O que você está fazendo? – ela voltou a perguntar.

– Beijando seu peito?

– Bem, é que... eles estão debatendo se o Jack Nicholson foi ou não quem mandou punir aquele cara – disse ela, apontando a tela da televisão.

Agarrei o controle remoto e apertei o botão de pausa.

– Aí está. Você não vai perder – falei.

Ela agarrou o controle e deu sequência ao filme.

– Quero saber se ele foi o responsável – retrucou.

– Foi ele.

– Não acho que tenha sido.

– É claro que foi. O filme inteiro gira em torno disso. Eu já vi esse filme.

– Puxa, obrigada por me contar o final!

– Contar o final? Depois de 45 minutos eles dizem que ele foi o responsável. O resto do filme é só para saber se o Tom Cruise consegue fazer com que ele *diga* que foi o responsável.

– Não me diga qual é a história do filme! Eu sei muito bem qual é a história do filme!

A essa altura eu havia estragado completamente todo o clima, é claro, além de tê-la magoado. Eu precisava pensar em alguma coisa depressa.

– Desculpa. Você quer um pedaço de bolo? – perguntei.

– O quê?

– Vamos assistir ao filme. Eu juro que não estraguei nada – falei.

– Desculpa, é que estou muito interessada no filme. Por que a gente não transa logo? Assim podemos assistir ao filme depois sem se preocupar com o sexo – disse ela.

Agora que estou mais velho, parece um sinal bastante óbvio de que o seu relacionamento não vai bem quando sua parceira pede para você acabar logo com o sexo para que ela possa ver um filme. Na época, no entanto, pareceu-me um pedido perfeitamente razoável. E não perdi tempo.

Apertei o pause de novo, peguei uma camisinha e comecei a abrir a embalagem – primeiro com as mãos, depois com os dentes e, finalmente, de maneira frenética, com os dentes e as mãos. Então estiquei o braço, apaguei as luzes e, durante mais ou menos um minuto e meio, transamos. Em todos os milhares de fantasias sexuais que eu tivera, só me preocupava em fazer uma pessoa feliz: eu mesmo. Mas enquanto eu me jogava sobre ela como um zumbi que tenta atacar um campista adormecido num filme de terror, percebi plenamente todas as pressões de fazer sexo com alguém. Eu deveria tentar fazer com que fosse tão bom para ela quanto para mim. Tinha responsabilidades. E logo se tornou evidente – logo que percebi que acabaria depressa demais – que eu não sabia o que fazer para tornar as coisas agradáveis para ela. Antes daquela noite, quando ouvia alguém dizer que a primeira vez era decepcionante, sempre ficava irritado, como se ouvisse um milionário reclamar que a vida dele era complicada demais. Mas agora, depois de fazer sexo, eu estava *decepcionado* – porque eu era um desastre na cama. Não havia nada de romântico na história.

Quando terminei, desabei sobre ela. Ela inclinou o corpo e eu escorreguei. Foi ao banheiro, voltou para a cama e colocou o filme de volta. Eu estava dormindo antes mesmo que Jack Nicholson berrasse "VOCÊS NÃO CONSEGUEM LIDAR COM A VERDADE!"

Na manhã seguinte, Sarah saiu cedo para pegar a irmã no aeroporto. Quando acordei, ela já havia partido. Peguei o carro e voltei para meu apartamento, sem saber se o que havia acontecido poderia ser considerado um sucesso. Quando entrei, Dan tomava o café da manhã.

– Você transou? – perguntou assim que pus os pés em casa.

– Transei – respondi.

– Deixe-me adivinhar quanto tempo durou. Cinco minutos?

– Dividido por dois... e menos um minuto, eu acho.

– Olhem só quem acabou de virar um homem! – disse ele, rindo.

Alguns dias depois, Sarah telefonou enquanto eu estava no trabalho. Bob me chamou no escritório e me passou o aparelho.

– Não gosto de telefonemas pessoais, Skippy – disse ele.

– Desculpe. Será rápido – falei, pegando o fone.

– E aí? – perguntei.

Ela achava que a gente deveria terminar.

– Pois é, você é mesmo muito legal, mas acho que não vou continuar a trabalhar no Hooters, e vai ser difícil a gente se encontrar, e coisa e tal – disse ela.

– Tudo bem – respondi, tentando não demonstrar que estava magoado.

– Tudo bem. Sinto muito. Você pode passar o telefone para o Bob? Preciso dizer a ele para onde deve seguir meu último pagamento.

Entreguei o aparelho para Bob.

– Ela precisa falar com você – disse.

E dei meia-volta para ir embora.

– Ei – disse Bob, me detendo, com a mão sobre o fone. – Não se esqueça de como ela é quando está pelada, para você poder bater uma bronha depois, companheiro.

Fui para a cozinha e dei a notícia ao Dan, tentando esconder meu constrangimento.

– Bem, pelo menos você transou, não é? – falou.

Fiquei esperando que a ficha caísse, mas a verdade era que eu não me sentia mais homem do que antes de fazer sexo.

Bob saiu do escritório e pegou uma embalagem com seis latas de cerveja.

– Precisamos de um papinho rápido. Pegue aí uma latinha e me encontre na varanda de cima – disse ele, antes de subir a escada. – Nada de bebida importada. Sou eu que vou pagar a conta.

Peguei uma latinha e fui até a varanda, onde Bob se sentou a uma mesa ao ar livre, com o mar por trás dele. No minuto que eu levara para pegar a cerveja e subir a escada, ele já havia terminado uma e estava na metade da segunda. Sentei-me e abri a lata.

– Num dia ensolarado, nada melhor do que uma cerveja e um cara com tesão – disse ele.

– O quê?

– Só estou gozando com a sua cara. Não estou tentando te dar uma cantada ou coisa parecida – exclamou ele, rindo alto. – Espere aí, quantos anos você tem? – perguntou, parando de rir no mesmo instante.

– Vinte.

Ele arrancou a cerveja das minhas mãos e a pôs do seu lado.

– Putz! Não posso permitir que menores bebam álcool na casa. Você não faria uma coisa dessas, Bob – disse ele a si mesmo antes de engolir o resto da cerveja.

– O que você quer falar?

– Bem, considero a equipe da cozinha a minha própria família... – começou ele.

– E a sua mulher e o seu filho?

– É, é. Quer dizer, o menino tem 2 anos. Ainda nem é uma pessoa. E a esposa é a esposa. Mas vocês aqui... Quando um de vocês se corta, eu sangro. E sei que uma garota acabou de lhe dar um pé na bunda e sei também o que isso é capaz de fazer a um homem. Mas você faz parte da equipe e preciso saber se ainda está focado e se isso não vai afetar seu trabalho – disse ele.

– Bob, eu lavo pratos.

– E você é um dos três melhores que já vi. Juro por Deus. Não estou puxando seu saco. Mas não vou ficar sentado vendo suas habilidades desaparecerem porque alguma mulher mexeu com a sua concentração – falou. Depois agarrou a cerveja que havia confiscado de mim e bebeu metade.

– Vou continuar concentrado – garanti.

– Ótimo. Porque é isso o que um homem faz. Um homem de verdade toma umas doses e depois volta para a pilha na pia e esfrega alguns pratos – disse ele, levantando-se e dando um tapinha nas minhas costas ao passar por mim.

Voltei para a cozinha, onde uma montanha de pratos se acumulara durante a minha ausência. Pus um par de luvas amarelas de borracha, abri a água quente e comecei a trabalhar. Bob estava errado: lavar um monte de pratos não me fez sentir um homem. Naquele exato minuto, porém, nem o sexo fazia. Um rito de passagem que eu esperava ser tão importante havia me deixado com a sensação de que nada mudara. Eu não tinha ideia de quando me sentiria um homem nem do que eu precisaria fazer para que isso acontecesse. Tudo o que podia dizer com segurança era que eu era um garoto que havia transado e que era bom, muito bom mesmo, em lavar pratos. No momento, isso teria que ser suficiente.

DÊ O ANALGÉSICO PARA O COELHO

Depois de sair da faculdade em 2003 com um diploma em cinema, me mudei de San Diego para Los Angeles para tentar uma carreira como roteirista. Infelizmente, lá todo mundo é formado em cinema. É como pegar um empréstimo para comprar uma torradeira e, na hora de usá-la, ela não funcionar. Mas eu estava duro e tinha contas para pagar. Por isso, enquanto continuava a escrever roteiros, esperando por uma oportunidade, arranjei um emprego de garçom num gigantesco restaurante italiano de dois andares em Pasadena chamado Avanti, decorado com plantas de plástico e retratos do Frank Sinatra. Eu era um entre cerca de 40 garçons e barmen, todos com idades entre 18 e 30 anos – com exceção de um cinquentão que eu costumava encontrar imóvel, no centro do salão, perdido em pensamentos, com uma cara que parecia dizer: "Da próxima vez, preciso me lembrar de trazer o revólver para o trabalho e acertar todos esses babacas."

Uma semana depois de me juntar à equipe do Avanti, cheguei à conclusão de que havia, basicamente, três tipos de empregados nos restaurantes de Los Angeles: os que queriam ser atores, os que queriam ser escritores e os que queriam vender drogas para aqueles que queriam ser atores e escritores. E todos os três tipos, em geral, acabavam transando uns com os outros.

Eu trabalhava no Avanti havia alguns meses quando o gerente contratou uma nova garçonete: uma morena bonitinha chamada Melanie que havia acabado de chegar do Colorado para tentar uma carreira de atriz. Fui designado para treiná-la e passei uma semana lhe ensinando a forma adequada de dobrar guardanapos, cortar o limão para o chá gelado e usar os computadores com touch screen. Depois de passarmos a maior parte do último dia de treinamento comentando nossas citações preferidas de *Os Simpsons*, percebi que tinha uma quedinha por ela. Era exatamente o tipo de garota de que eu costumava gostar: inteligente, engraçada e um pouco fora do comum.

Durante um turno de almoço particularmente tranquilo na semana seguinte, fiquei batendo papo com o barman do restaurante, Nick, candidato a modelo que lembrava um pouco o ator Colin Farrell – caso ele fosse feito daquele plástico duro e reluzente utilizado na fabricação de bonecos.

– A Melanie é bem atraente, não é? – comentei.

– É sim, cara. Ela é mesmo uma gracinha.

– E parece legal – eu disse, me apoiando no bar, enquanto ele secava alguns copos de chope.

– É mesmo. E ela também sabe fazer um ótimo boquete.

– O quê? – exclamei, me endireitando.

– É, ela me chupou outro dia – disse ele, de forma casual.

– Ela só trabalha aqui há uma semana – respondi, com a voz falhando.

– É. Acho que foi no primeiro dia dela, para falar a verdade. A gente tomou uns drinques depois do trabalho, blá, blá, blá, e ela meteu bronca no meu carro.

– Uau.

– Ah, não, merda! Você tem uma queda por ela?

– Só achei que ela parecia ser legal – falei, desabando num dos bancos do bar e tentando esconder minha decepção.

– Foi mal, cara. Não teria feito isso de jeito nenhum se soubesse. A próxima garota de que você ficar a fim, me conte logo, e eu não fico com ela.

– Não, não. Isso seria... bem esquisito e um tanto deprimente. Não costumo saber assim tão depressa, de qualquer forma. Em geral, leva um tempo para que eu descubra se tenho uma queda por elas ou elas por mim, sabe?

– Sei, mas e se você só estiver querendo uma rapidinha? – perguntou Nick.

Sorri para ele e mudei de assunto. A verdade, porém, era que eu nunca tinha feito sexo casual. Mas é claro que sempre tive vontade. Na realidade, passara a maior parte do final da adolescência e o início da idade adulta tentando justamente isso. No fim das contas, porém, cheguei à conclusão de que eu era o equivalente masculino de um Toyota Camry. Você sabe: ninguém diz "Eu *preciso* ter um Camry". Mas a maioria das pessoas que passa um tempo em um deles começa a pegar gosto. "É bem confiável", acham. "Não dá muita dor de cabeça e não é feio de se olhar. Sabe do que mais? Talvez eu preferisse um carro melhor. Mas posso viver com um Camry."

Eu tinha sido dispensado incontáveis vezes depois de dar em cima de mulheres somente por achá-las atraentes, e a experiência costumava ser decepcionante, trabalhosa e cara. Aos 23 anos eu já estava cansado de correr atrás de mulheres que geralmente escolhiam dormir com sujeitos que nem pareciam pertencer à mesma espécie que eu. A essa altura, eu só me sentia motivado a ir atrás de uma garota depois de decidir que valia a pena namorá--la e que ela também poderia estar querendo um relacionamento sério. Normalmente me interessava por garotas com quem eu gostava de conversar, que eram engraçadas e, com frequência, um tanto tímidas e desajeitadas. Até então eu tivera algumas namoradas, mas nunca por mais de um ano.

Eu tinha minha estratégia e a seguia à risca – o que queria dizer que eu não prestava muita atenção nas garçonetes que serviam bebida no restaurante. O trabalho delas era embebedar as pessoas e, para fazer isso, precisavam ser especialmente lindas e, mais importante, capazes de fingir que, caso os clientes comprassem álcool o bastante ou dessem gorjetas suficientemente generosas, poderiam acabar fazendo sexo com elas. Por conta dessas exigências, muitas delas pareciam bastante instáveis. A cada duas semanas, uma das garçonetes era demitida por alguma pequena infração, como jogar um vaso de vidro no gerente ou cheirar cocaína no frigorífico. Preocupado com esses sinais de alerta, eu raramente conversava com as moças e nenhuma delas expressava muito interesse em dirigir um Camry.

Assim, fiquei chocado quando, um ano e meio depois de começar a trabalhar no Avanti, uma sedutora garçonete sul-americana chamada Simone começou a se aproximar de mim. Ela tinha 20 e poucos anos, cabelo liso e negro que ia até o meio de suas costas, lábios carnudos e olhos azuis cintilantes que emitiam o tipo de fulgor intenso e perturbador que eu só vira nos olhos de Tom Cruise quando ele falava sobre cientologia. A bunda de Simone se destacava do resto do corpo, como se fosse um ser inteligente, capaz de pensamentos complexos. A moça era tão linda que uma vez, quando tentei me masturbar pensando nela, minha imaginação não conseguiu conceber uma situação plausível em que ela concordaria em fazer sexo comigo. Fui obrigado a desistir.

– Onde você mora? – perguntou ela enquanto eu dobrava os guardanapos no bar, durante os preparativos para a hora do jantar.

– Bem do lado de Hollywood. E você? – perguntei.

– Por que você nunca fala comigo? – disparou ela, ignorando minha pergunta.

– Hum, não sei. Vocês parecem estar sempre muito ocupados por aqui.

– Você deveria falar comigo – disse ela, dirigindo-se em seguida a dois clientes que estavam sentados no lounge, ao lado do bar.

Nick tinha escutado todo o diálogo do outro lado do balcão.

– Isso foi esquisito – falei, quando ele se aproximou.

– Essa garota é maluca. Está tentando ser modelo, mas também vende analgésicos para coelhos ou algo assim.

– O quê?

– Acho que ela tem um coelho e o bicho tem câncer ou alguma doença parecida. Então ela compra analgésicos para o coelho, mas vende eles para a gente. Acho que isso deixa a pessoa pirada.

– E ela dá algum analgésico para o coelho? – quis saber.

– Não sei, cara. Mas ela é um espetáculo.

– É uma coisa esquisita de dizer. "Você deveria falar comigo" – falei, repassando a conversa dentro da minha cabeça.

– Talvez ela esteja a fim de você.

– Acho que não.

Passei o resto do meu turno – e depois, o resto da semana – sem falar com Simone. Presumi que ela era apenas mais uma mulher atraente que não se interessaria por mim nem em um milhão de anos. Então resolvi me poupar do constrangimento que seria inevitável se eu fosse atrás dela.

Certa noite, na semana seguinte, enquanto estávamos no auge do movimento do jantar, deparei com Simone diante de mim.

– A gente devia jantar hoje à noite – disse ela, como se estivéssemos falando sobre o assunto nos últimos 10 minutos.

– Vou trabalhar até a hora de fechar hoje – respondi, jogando fatias de limão nos copos de Coca diet que estava servindo.

– Eu também.

– Então...

– Eu não janto quando as pessoas me dizem que devo jantar. Eu janto quando meu corpo me avisa que é hora de jantar – disse ela.

– Bem, eu geralmente janto por volta das sete, então eu já comi alguma coisa.

– Você pode me ver comer.

– Hum, bem... Vamos ver a hora que eu consigo sair daqui – falei, passando por ela com uma bandeja cheia de bebidas.

Sabia que não estava lidando muito bem com as cantadas de Simone, mas nenhuma mulher tinha dado em cima de mim com tanta insistência, e eu não sabia como reagir. Não queria virar piada no restaurante, mas também não queria abrir mão da chance de transar com uma das mulheres mais bonitas que eu já conhecera.

Entreguei os drinques, depois fui direto até Nick e lhe contei toda a história.

– Estou dizendo, acho que ela gosta de você – disse ele.

– Por que ela gostaria de mim? Nem falei com ela – respondi.

– Talvez seja por isso. Todo mundo tenta transar com ela. Eu tentei, os gerentes e os clientes também. Quase todo mundo. Talvez ela esteja só pensando: "Por que esse cara não está tentando transar comigo?" Ou talvez ela apenas goste de você. Não sei, não, mas você devia ir jantar com ela.

* * *

Era uma movimentada noite de sexta-feira e eu não larguei o serviço antes de uma da madrugada. Bati o ponto e tirei o avental, que parecia ter sido atingido por uma granada cheia de molho Alfredo. Quando fui até o setor onde ficavam as garçonetes que serviam coquetéis, Simone estava no computador, fechando uma conta.

– Oi. Eu não estou cansado demais, se você ainda estiver interessada...

– Fiz reservas no Wokano – disse ela, referindo-se a um popular restaurante chinês das redondezas, que ficava aberto até tarde. – Vamos ficar numa mesa no canto – acrescentou.

– Ah. Tudo bem. Bom... tudo bem.

Vinte minutos depois, estávamos nos acomodando numa mesa do canto no Wokano, os dois ainda usando as roupas pretas do trabalho. Simone estava lindíssima. Ela havia personalizado seu uniforme de trabalho – uma camiseta regata justa e calças negras mais justas ainda – para acentuar as partes apropriadas. Eu estava suado. Minha gravata prateada estava desfeita e a camisa social preta, para fora das calças, o que me fazia parecer um vendedor de carros usados que acabara de perder 10 mil dólares no jogo. Ela ficou bem do meu lado na mesa, perto o bastante para que eu sentisse seu perfume sobre as ondas de pesto e queijo parmesão que emanavam das manchas da minha camisa.

E essa não foi a parte mais esquisita do jantar.

Normalmente, quando eu saía com uma garota, eu já a conhecia um pouquinho e a gente já se dava bem o bastante para que eu resolvesse que era seguro convidá-la. Aquilo facilitava a conversa até que os drinques ou o jantar fossem servidos. Naquela noite, porém, Simone e eu ficamos sentados em silêncio até que o garçom apareceu para anotar os pedidos.

– Então você trabalha como modelo? – perguntei depois que o garçom saiu.

– É apenas um trabalho. Não é a minha paixão – respondeu.

– Qual é a sua paixão?

– A vida.

Esperei que ela aprofundasse o pensamento, mas ela ficou em silêncio.

– Você quer dizer... *viver* a vida? Ou, tipo... você quer ser uma espécie de orientadora de vida? Não entendi bem o que você quis dizer.

– Tudo. Todos os dias.

Enquanto ela comia um prato de tempura de legumes (eu já havia comido, por isso apenas tomei uns drinques), nos esforçamos para manter mais 20 minutos de conversa forçada.

– Os peixes são esquisitos – disse ela em determinado momento.

– São – respondi, seguido por um minuto de completo silêncio. Foi o ponto alto da refeição.

Se ela estava a fim de mim antes do jantar, o que era extremamente improvável, não haveria possibilidade de que continuasse interessada agora. Quando o garçom passou, eu o agarrei e lhe entreguei o cartão de crédito antes mesmo que ele trouxesse a conta. Quando ele voltou com o recibo, eu assinei depressa e sugeri que fôssemos embora.

– Você pode me levar até o meu carro? Estacionei muito longe – disse ela.

– Ah, claro. Nenhum problema – respondi.

Caminhamos até o estacionamento onde eu havia deixado meu Ford Ranger e abri a porta para que ela se acomodasse no banco do carona. Ela me deu instruções para seguir por alguns quarteirões pelas ruas escuras de Pasadena, até que chegamos a um Lexus branco. Eram umas duas horas da manhã, por isso seu carro era o único que ainda permanecia estacionado no local. As ruas estavam vazias.

– Pare aí atrás – disse ela.

Fiz o que ela mandou.

– Você pode desligar o motor e sair do carro um minutinho? – perguntou.

– Sair?

– Isso. Eu vou bater quando for a hora de você voltar para o carro. Por favor, faça isso. Obrigada.

A primeira coisa que passou na minha cabeça foi: "Vão roubar meu carro." Mas ele era um lixo e eu estava mais curioso para saber o que ela estava fazendo do que preocupado com a possibilidade de perder o automóvel. Saltei e fiquei do lado de fora, esfregando os braços para me aquecer.

Depois de um minuto ouvi uma batida na janela e abri a porta para entrar. Simone estava completamente nua, o corpo reluzindo sob a luz de um poste que se derramava pelo para-brisa. Eu me senti como um personagem de um filme pornô com uma história muito ruim. E embora algo tão esquisito nunca tivesse acontecido comigo antes, eu sabia que precisava fazer algo delicado para nos manter na direção correta.

– Uau! Você está nua – balbuciei.

Relembrando a situação, o que eu disse talvez não fizesse a menor diferença. Ela se inclinou no assento, agarrou minha nuca, me puxou para junto dela e começou a me beijar. Seus lábios tinham um gosto de uma mistura de bebida alcoólica e cenoura frita. Tentei manter os olhos abertos o maior tempo possível, tirando todos os instantâneos mentais que meu cérebro permitia, como se eu estivesse vendo o Grand Canyon pela primeira e última vez. Então pensei uma coisa: se ela estava nua, provavelmente eu também deveria estar.

Assim que comecei a desabotoar a camisa, porém, ela me afastou.

– Não vou transar com você dentro de um carro – falou.

– Ah. É claro que eu não estava tentando...

– Eu queria que você visse meu corpo nu. Acho você muito atraente.

– Obrigado. Também acho você muito atraente – falei, desejando dar um soco em mim mesmo.

– Você poderia sair do carro de novo? Não gosto que as pessoas me vejam tirando ou vestindo roupas.

– Você é o Super-homem – brinquei.

– Por quê? – perguntou ela, com sinceridade.

– Ah, é só que, você sabe, ninguém vê o Super-homem trocar de roupa.

– Por que ele não deixa as pessoas verem? – perguntou.

– Bem, é porque ele tenta manter sua identidade secreta.

– Eu só não gosto que as pessoas me vejam tirando ou vestindo roupas.

– Tudo bem.

Saí do carro. Um minuto depois, Simone reapareceu totalmente vestida e me deu um beijo bem molhado na boca.

– Vamos sair de novo – afirmou ela, caminhando em direção a seu carro. Depois ela entrou no carro e partiu.

Fui para casa naquela noite completamente confuso em relação ao interesse de Simone por mim, mas confiante de que essa seria minha primeira oportunidade de fazer sexo sem compromisso, sem envolvimento – e com alguém que eu normalmente teria considerado bonita demais para mim. Estava tão empolgado quando fui para a cama que levei horas para pegar no sono. Se um arrombador tivesse entrado na minha casa naquela noite, eu provavelmente o teria recebido animadamente e falado de Simone enquanto o ajudava a levar meus pertences.

Voltei a encontrar Simone na sexta-feira seguinte, no trabalho. Perto do início do meu turno do jantar, enquanto eu acendia as velas nas mesas do meu setor, ela apareceu e me convidou para passar na casa dela depois do trabalho.

Algumas horas mais tarde, depois da meia-noite, lá estava eu em seu conjugado em South Pasadena, sentado no sofá de couro negro, ao lado de um grande coelho branco parado sobre o braço do móvel, enquanto ela servia duas taças de vinho tinto. Ainda em seu uniforme de trabalho, ela se sentou do meu lado e ficamos de conversa fiada durante uns cinco minutos – durante os quais tentei descobrir se o coelho tinha câncer (tinha) e se estava recebendo analgésicos (resposta imprecisa) – antes de começarmos a nos beijar. Dez minutos depois eu estava dentro do banheiro esperando que ela se despisse, pois ainda não tinha permissão para vê-la fazendo isso. Cinco minutos depois disso já estávamos na cama transando.

Fazer sexo com alguém é como cozinhar um ensopado. Se você não conhece bem sua parceira, você precisa adivinhar o que ela gosta, e vai jogando item por item na panela. Em algum momento você vai acrescentar algo que vai fazer a pessoa dizer:

"Espere aí, espere aí, não gosto disso." E se o ingrediente que você jogar for especialmente questionável, sua parceira talvez diga: "Sabe de uma coisa? Talvez a gente devesse parar. Mais tarde preparo alguma coisa para mim." Não tinha ideia do que jogar na panela de Simone, e eu não era conhecido por meus talentos na preparação de ensopados, para começo de conversa. Em determinado momento, ela parou e disse:

– Você deveria fazer menos coisas.

Então ela me jogou na cama de barriga para cima e subiu em cima de mim. Depois de alguns minutos, ela rolou.

– Tudo bem, agora faça o que quiser comigo – disse ela, sem fôlego.

Quando terminamos, ela entrou no banheiro e fechou a porta. Ouvi o barulho do chuveiro. Ela ficou lá dentro durante uma hora, enquanto eu permanecia sentado na cama, tentando passar o tempo como se estivesse na sala de espera do posto de gasolina, esperando a troca de óleo. Sabia que não deveria simplesmente entrar. Poderia flagrá-la colocando roupas, situação que teria consequências que eu não podia imaginar, mas temia de qualquer forma.

Finalmente levantei-me e bati na porta do banheiro.

– Ei, hum, acho que vou embora. Mas eu tive uma ótima noite – falei.

– Eu também. Até mais – gritou ela, sua voz se fazendo ouvir acima do som do secador de cabelo.

$$\star\ \star\ \star$$

Fizemos a mesma coisa na sexta seguinte, depois do trabalho. E na outra também. E na outra... Fiquei tão acostumado a fazer sexo nas noites de sexta-feira que o simples cheiro de vieiras embrulhadas no bacon, o prato especial do Avanti nas sextas, começou a me deixar excitado.

Nunca encontramos o que poderia ser chamado de um ritmo sexual. Em geral, ela queria que eu ficasse deitado lá e não fizesse nada, enquanto ela aproveitava a oportunidade para ficar por cima de mim. Quando eu tentava "participar do espetáculo", os resultados costumavam ser terríveis. Isso nunca foi tão evidente quanto na vez em que ela começou a gritar: "Como é que eu fico tão molhada? *Como é que eu fico tão molhada?*". Achando que ela queria uma resposta, eu respondi "Não sei?". O que fez com que ela parasse o que estava fazendo e soltasse um suspiro longo e desanimado.

Fiz o melhor que pude para ignorar as coisas que me faziam realmente não gostar de ficar com Simone, como o fato de que ela nunca ouvia realmente nada que eu dissesse ou como sempre dizia "nojento" quando passava por um sem-teto. Mas a falta de qualquer tipo de ligação emocional ou intelectual entre nós acabou pesando para mim. Certa sexta-feira, durante o terceiro mês de nosso "relacionamento", Simone não apareceu no trabalho. Embora eu tenha ficado decepcionado por não fazer sexo naquela noite, me senti um tanto aliviado por não precisar passar tempo com ela. Perto do fim da noite, depois do auge do movimento do jantar, saí pelos fundos e fui para o beco para respirar um pouco. A porta dos fundos da cozinha se abriu e o lavador de pratos, um jovem hispânico chamado Roberto, a quem todos chamavam de Beto, saiu com um enorme saco de lixo, do qual um líquido marrom vazava.

– Olá, *guero* – disse ele, me chamando pelo nome que todos os cozinheiros hispânicos usam para se dirigir a seus colegas brancos.

– Oi, Beto. Como estão as coisas?

– Oi, *guero*. Eu como sua namorada.

– Ela não é minha namorada, mas obrigado por me informar que você acha que ela é comível – falei, rindo.

– Não. *Guero*. Eu *como* a sua namorada. No mês passado. Eu estou comendo ela – disse ele, deixando o saco no chão, esticando os braços atarracados e dando estocadas com a pélvis para a frente e para trás algumas vezes, como se estivesse transando com alguém.

– O quê? Jura?

– É. E agora você está com aids – falou, rindo.

Logo emendou:

– Estou brincando.

– Espere aí. Então você não transou com ela?

– Não. Eu estou transando com ela, sim. Mas não tenho aids – respondeu. Logo depois ele pegou o saco e caminhou pelo beco até a lixeira.

Senti que deveria ficar transtornado. Numa tentativa de provocar algum sentimento de raiva, até fiquei ali tentando imaginar Beto sobre Simone, dando estocadas e rindo como um maníaco na cama em que eu planejava fazer sexo naquela noite. Mas o que era mais perturbador, depois de saber que a garota com quem eu dormia também dormia com outra pessoa, era descobrir que eu não me importava com isso. Havia passado milhares de horas de minha adolescência sonhando com a situação que eu vivia nos últimos dois meses – fazer sexo com uma mulher maravilhosa que não esperava nem exigia nada além de sexo de minha parte –, porém o vazio de nosso relacionamento me deprimia.

Pensei em ir a seu apartamento para conversar, mas decidi que poderia esperar uma semana. Na sexta seguinte, cheguei cedo ao trabalho e fui até o setor das garçonetes procurar por Simone, mas não a encontrei.

– Ei, Nick, a Simone já chegou? – perguntei.

– Puxa, cara, ela pediu demissão e se mudou para Nova Jersey ou algo assim – respondeu ele, sacudindo um martíni com uma das mãos.

– O quê?

– É, acho que ela falou com os gerentes há algumas semanas. Ela não disse nada?

– Não. Eu só a vejo às sextas. Pensei que ela estivesse de folga na semana passada ou doente... – falei.

– Droga. Sinto muito, cara.

– Está tudo bem. É só esquisito – respondi.

– Tem sempre uma próxima. Tudo se resume a isso – disse ele.

Fiquei estarrecido. Era a segunda vez que eu saía com uma garçonete que terminava o relacionamento comigo abandonando a cidade. Voltei para onde eu estava dobrando guardanapos e tentei fazer uma autópsia naquele relacionamento recém-falecido. Em geral, depois de um rompimento, eu ficava arrasado durante dias ou semanas – remoendo tudo o que tinha dado errado – antes de começar a entender e me sentir melhor. Mas dessa vez cheguei à conclusão quase no mesmo instante: eu estava pronto para um relacionamento que provocasse alguma reação emocional em mim caso eu descobrisse que minha namorada havia dormido com um colega de trabalho e/ou se mudasse para o outro lado do país sem me avisar. Eu estava procurando alguém por quem eu pudesse me apaixonar, alguém que daria o analgésico para seu coelhinho moribundo.

PREFIRO NÃO VÊ-LO NUMA SEXTA-FEIRA À NOITE

Comemorei meu 25º aniversário no interior de um minúsculo armário de toalhas de mesa no Avanti, junto com outros seis garçons e um cozinheiro obeso chamado Ramon, que tinha uma lágrima tatuada na bochecha, o que poderia ou não ser um sinal de que ele havia matado um homem na cadeia.

– Feliz aniversário – sussurraram, enquanto Ramon me entregava um tiramisù com uma única velinha reluzindo no meio.

Estavam sussurrando porque a gerência havia implementado uma nova regra proibindo que mais de dois funcionários se reunissem no restaurante durante o horário de trabalho, o que fazia com que aquele ajuntamento parecesse mais uma reunião clandestina do Partido Comunista nos anos 1950 do que a comemoração do meu primeiro quarto de século de existência. Apesar do volume de nossas vozes, do cheiro dos produtos de limpeza e dos tecidos empoeirados, foi um gesto tocante dos meus amigos.

– Não comprei nenhum presente. Mas matei um porco na fazenda do meu primo e fiz *carnitas*. Vou guardar um pouco para você – disse Ramon.

Enquanto eu soprava a vela e meus colegas aplaudiam silenciosamente, ocorreu-me que eu também passara meu 17º aniversário trabalhando num restaurante, o que queria dizer que eu vinha trabalhando nesse ramo nos últimos oito anos. Eu não era mais o novato que perseguia seus sonhos. Em vez disso, eu corria o risco de me transformar no amargurado condenado que usa referências ultrapassadas da cultura pop e deprime empregados mais jovens. Eu havia me mudado para Los Angeles para iniciar uma carreira de roteirista e, embora tivesse vendido um roteiro no meu primeiro ano na cidade, nos últimos tempos eu produzia pouquíssimos textos e trabalhava entre 70 e 80 horas por semana no restaurante. Havia aumentado minha carga horária por um motivo simples: precisava economizar para consertar minha caminhonete, um Ford Ranger 1999 que só dava partida na metade das vezes e que tinha um conjunto de freios que produzia um som estridente que meu mecânico comparara ao "som que uma garota faz quando você come ela direito". Por coincidência, era um som que vinha se tornando pouco familiar na vida real, pois eu passava por uma fase de seca com as mulheres.

Eu estava sozinho havia tanto tempo que, nas raras ocasiões em que tinha um sonho erótico, ele tendia a não envolver mulheres de verdade – apenas visões de mim mesmo me satisfazendo com pornografia, como se meu cérebro tivesse esquecido o que era sexo. Eu estava tão desesperado para arranjar uma namorada que, quando saía com alguma garota, geralmente a assustava tentando garantir futuros encontros ou perguntando várias vezes "Você está se divertindo?" Não há nada mais chato do que alguém perguntando se você está se divertindo.

Minha vida caíra na rotina de uma forma tão insidiosa que eu nem havia notado o que estava acontecendo até sair daquele armário para anotar os pedidos num salão cheio de septuagenários famintos e perceber que não era ali que eu desejava estar.

✳ ✳ ✳

Algumas semanas depois do meu aniversário, tive meu primeiro fim de semana de folga em meses. Todos os meus amigos estavam trabalhando no restaurante e eu não queria de modo algum passar meu tempo livre sozinho no apartamento malcuidado onde eu morava em Hollywood – que começava a feder mais do que o normal graças ao novo passatempo de um vizinho desmiolado. Ele capturava ratazanas com uma ratoeira e depois lançava os cadáveres sobre a cerca, para dentro do meu quintal, quando pensava que eu não estava olhando. Quando o peguei em flagrante, ele fingiu se sentir ofendido.

– Talvez ela tenha saltado e achado que haveria água do outro lado, mas aí não havia e ela morreu ou coisa parecida.

Assim, sem ter para onde ir e precisando de uma folga daquela cidade, joguei algumas roupas num saco de lixo e fui para a casa dos meus pais em San Diego. Cheguei lá na sexta-feira, por volta de meio-dia, e bati na porta. Papai abriu e ficou parado diante de mim, usando um conjunto de moletom cinza com listras azuis.

– Que diabos você está fazendo por aqui? – perguntou.

– Pensei em passar uns dois dias aqui com vocês. Decidi meio de última hora – respondi.

– Ah. Bem, tudo bem. Bom ver você, filho. Entre e se acalme. Estou assistindo a um programa sobre matéria escura.

Depois de arrumar minhas coisas, liguei para meus melhores amigos Dan e Ryan, que ainda moravam em San Diego, para saber o que estavam fazendo. Infelizmente, Dan ia viajar com a namorada para visitar os pais dela e Ryan estava à procura de um homem com uma cabra para convencê-lo a deixar que ele a ordenhasse. Ele me perguntou se eu queria ir junto, mas parecia que aquela história tinha grandes chances de terminar mal, então recusei.

Mamãe voltou do trabalho algumas horas depois e ficou empolgada quando me viu. Preparou algo para comermos e nós três nos sentamos à mesa de jantar na sala.

– É uma ótima surpresa ver você, Justy. O que veio fazer aqui? – perguntou mamãe, jogando uma concha cheia de massa em meu prato.

– Ele odeia Los Angeles – disse meu pai.

– Não odeio, não – respondi.

– Olhe, estou do seu lado. Todo aquele trânsito, as pessoas mijando e cagando na rua. Não é um lugar bom para se viver – disse ele.

– Ninguém faz as necessidades na rua, Sam – discordou minha mãe.

– Porra nenhuma. Há rios de excrementos. Eu poderia até navegar neles. Acredite em mim. Eu sei. Connie e eu tivemos um apartamento em Brentwood durante três anos – disse ele, referindo-se à sua primeira esposa.

Papai não costumava falar muito em Connie. Ela morrera de câncer quando meus irmãos tinham 1 e 3 anos. A morte dela e os sete anos que se seguiram até que meu pai conhecesse minha mãe eram uma parte de sua vida sobre a qual ele não comentava com frequência, uma parte da qual eu pouco sabia. Em raras ocasiões, quando ele a mencionava, eu tentava, com delicadeza, fazer perguntas sobre sua vida com ela.

– A Connie morou nesta casa?

– Eu a comprei para ela. Depois ela faleceu e ficamos só eu e seus irmãos. Eles ainda usavam fraldas – disse ele.

– Você deveria ter visto este lugar na época em que a gente começou a namorar – intrometeu-se minha mãe. – Todos os cômodos tinham apenas livros de medicina e varas de pescar, e a única coisa que havia na despensa era manteiga de amendoim – acrescentou ela, com um grande sorriso no rosto.

– Sabe de uma coisa? Gosto de livros de medicina, de pescar e de manteiga de amendoim. E, além do mais, eu estava cagando para tudo. Tinha desistido das mulheres – acrescentou ele.

– Faça-me o favor. Você dirigia um Alfa Romeo Spider conversível e usava jaqueta de couro – disse mamãe.

– Eu tinha desistido das mulheres; não tinha desistido de transar – respondeu ele.

– Você usava jaqueta de couro? – perguntei, aos risos.

– É, é um traje habitualmente utilizado por indivíduos que transam.

– Você ficaria surpreso. Ele é muito sedutor – disse mamãe, levantando-se para pegar algo na cozinha e me deixando a sós com papai.

– Quanto tempo depois da morte de Connie você começou a namorar de novo? – perguntei.

– Levou um tempo. Não sei exatamente quanto, mas levou um tempo.

– Você saía muito?

– Saía. Ia para cima e para baixo em toda essa maldita cidade. Saía pelo menos umas duas vezes por semana.

– E o que você fazia com Dan e Evan? – perguntei.

– Levava os dois comigo e fazia com que minhas acompanhantes limpassem a merda de seus pequenos traseiros – ironizou. – O que você acha? Botava os dois para dormir e chamava uma babá, ora.

– Você namorava ou só tinha alguns encontros e nada mais? – perguntei.

– A maioria não era nada de mais – disse ele, dando um gole em seu bourbon.

– Por que você acha que não deu certo com elas?

– Filho, minha esposa havia falecido e eu estava solitário. É um ponto de partida de merda – disse ele.

Eu nunca ouvira meu pai confessar que havia se sentido solitário. Afinal, esse é o homem que acorda às 4h30 da madrugada apenas para passar alguns minutos sozinho. E chega a tirar férias sozinho.

– Não importa para onde eu vá, desde que ninguém vá comigo – diz ele. – Eu poderia tirar férias na minha própria casa se todo mundo me deixasse sozinho.

Eu também não conseguia imaginá-lo tendo encontros com garotas. Ele detesta conversa fiada, o que é exatamente o que se suporta nos primeiros encontros. Eu queria saber como ele tinha evoluído. De um cara solitário o bastante para se envolver numa conversa que ele odiava com uma mulher por quem ele também não se interessava, ele se tornou um sujeito satisfeito consigo mesmo a ponto de entrar em restaurantes e pedir "uma mesa para uma pessoa... sem cadeiras adicionais".

Com pouco o que fazer, passei os dois dias seguintes pensando sobre a transformação de meu pai enquanto ia para a praia e caminhava com Angus, o cão da família. Na noite de domingo, depois de alguns dias relaxantes e revigorantes, joguei minhas roupas recém-lavadas num novo saco de lixo, coloquei o saco no banco do carona da caminhonete e me despedi dos meus pais na varanda em frente à casa. Quando fui dar um abraço em meu pai, ele me entregou um cheque. Era de 700 dólares e atrás ele escrevera "para consertar a porra do seu carro".

– Ah, puxa, não, você não precisa fazer isso. Estou economizando para pagar o conserto – falei.

– Não vamos fazer um espetáculo aqui. Você está duro, eu tenho um dinheirinho; seu carro está uma merda e precisa ser consertado. Eu disse alguma mentira? – perguntou ele.

– Não – respondi.

– Então, tudo bem.

– Obrigado.

– De nada. Sei que você anda trabalhando feito um doido, então deixe-me dar uma sugestão.

– Claro.

– Conserte seu carro, diminua sua carga horária e tire um tempinho para você. Organize a sua cabeça. Gosto de vê-lo, mas preferia que isso não acontecesse numa noite de sexta-feira. Acompanhou meu raciocínio? – perguntou.

– Acompanhei – respondi.

– Você é bem-vindo aqui a qualquer hora – interferiu mamãe.

– Claro que sim. Não foi isso o que eu disse – retrucou papai.

– Eu sei, mas queria ter certeza de que ele também sabe – replicou ela.

– Ele sabe. Não é tão burro assim. Diga a ela que você captou o subtexto – disse ele para mim.

– Captei o subtexto, mãe.

– Muito bem. Agora dê o fora daqui. Vou levar sua mãe para jantar – disse ele.

No dia seguinte, já em Los Angeles, deixei o carro na oficina. Levaram uma semana para consertar tudo – desde a ignição até o ar-condicionado, que havia anos soprava um bafo morno, rescendendo a urina, na minha cara. Cortei as horas no restaurante para cinco noites por semana e, de repente, descobri que tinha mais energia e dois dias inteiros de folga só para mim.

Assim que tive um momento para ficar sozinho, comecei a pensar no que estava fazendo naquela cidade. Eu me considerava um escritor, mas meu vizinho – o lançador de ratazanas – também. De fato, quando esbarrei com ele na garagem semanas antes, ele me contara que estava prestes a concluir um roteiro cômico sobre "um alienígena que vem para a Terra e as pessoas acham que ele é gay". Se o sujeito conseguia terminar *Gaylien* (título dele, não tenho nada a ver com isso), dizia a mim mesmo, eu tinha de terminar os roteiros em que vinha trabalhando. Estava determinado a não passar mais aniversários dentro de um armário, comendo a mesma sobremesa carregada de conservantes que o restaurante dava de brinde para crianças com menos de 5 anos que pediam nuggets de frango. Decidi me dedicar de corpo e alma à escrita.

Durante os oito meses que se seguiram, passei praticamente todo o meu tempo livre trabalhando em algum roteiro ou tentando descobrir se eu ia ficar careca. As duas iniciativas se mostraram produtivas: terminei um roteiro e concluí que minha cabeleira em breve pertenceria ao passado. Eu não ficava com nenhuma garota havia um tempão, mas fiz o possível para não ficar obcecado com o assunto. Desenvolvi um sonho recorrente em que uma mulher, do alto de uma árvore, lançava laranjas em mim e gritava sem parar: "Odeio você, Jason!" Embora esse não seja meu nome, eu estava bastante certo de que meu pênis estava me mandando um recado, furioso comigo por deixá-lo inútil.

De qualquer maneira, a cada dia eu tinha mais facilidade em me concentrar na escrita e me divertia mais com isso. Ao final daqueles oito meses, eu ia para a cama empolgado, esperando pelo dia seguinte para voltar a escrever. Não sei muito bem se era isso que meu pai tinha em mente quando me disse para "organizar minha cabeça", mas pelo menos eu não tinha mais o impulso de jogar minhas roupas num saco de lixo e ir para a casa dos meus pais em San Diego numa noite de sexta-feira.

Algumas semanas depois, uma amiga, uma artista chamada Theresa, convidou-me para ver uma exposição de suas obras numa galeria em Wilshire Boulevard, em Los Angeles. A galeria ficava dentro de um armazém reformado e abrigava uma multidão de bom tamanho, em que eu era, provavelmente, o único cara que não tinha bigode, cintura de 60 centímetros, nem usava um lenço ou um chapéu. Parecia que eu havia entrado num filme de Wes Anderson. Assim, depois de cumprimentar Theresa e olhar suas obras, eu estava pronto para dar o fora. Mas então, pouco antes de sair, reparei numa amiga dela que estava sozinha, no meio da exposição, parecendo tão perdida quanto eu.

Seu nome era Amanda. Eu a encontrara uma vez antes, quando ela veio de São Francisco para visitar Theresa por alguns dias, mas só havia falado com ela muito rapidamente. Tinha cabelo castanho ondulado, que caía bem na altura dos ombros, e um rosto angelical iluminado por um par de olhos claros, de um azul-esverdeado. Ao contrário das outras garotas na festa, ela tinha curvas de verdade preenchendo o vestido azul-marinho que usava. Ela abriu um sorriso nervoso para mim e me deu um daqueles acenos rápidos que se dá quando não se tem certeza se a pessoa se lembra de você. Sorri e acenei também, e ela se dirigiu para o lugar onde eu estava, perto da saída.

– Não conheço ninguém aqui e todo mundo é mais descolado do que eu – disse ela.

– Então você escolheu o sujeito menos descolado do lugar para conversar – respondi.

– Podemos ser nada descolados juntos – disse ela.

Fiquei na exposição por mais uma hora conversando com Amanda. Ela tinha um raciocínio rápido, era engraçada e um pouco autodepreciativa, mas não de um jeito que parecesse ser um mecanismo de defesa. Tentei ao máximo não assustá-la e, em grande parte, tive sucesso, a não ser talvez pelo momento em que me descrevi como sendo parecido com "Jason Biggs com uma doença terminal". Que eu me lembrasse, aquela era a primeira vez que eu desfrutava uma conversa descontraída com uma mulher.

– A gente deveria se ver um dia desses – falei, na saída.

– Vou voar de volta para São Francisco amanhã – respondeu ela.

– Talvez alguém faça uma denúncia anônima de bomba e você precise passar outra noite na cidade. Uau. Essa foi uma piada muito ruim. Não sei por que disse isso.

– Não, piadas de bomba são sempre engraçadas para pessoas que estão prestes a embarcar num avião – disse ela rindo. – Eu, pelo menos, não me preocuparia. Você contou piadas bem piores nessa última hora. – Ela me deu um abraço de despedida.

Pensei bastante em Amanda nos dias que se seguiram. A situação parecia sem solução, pois ela morava a 800 quilômetros dali, mas meu cérebro não queria reconhecer a distância. Tentei tirá-la da cabeça, me concentrar no trabalho e terminar o segundo roteiro que vinha desenvolvendo. Então, alguns dias depois, enquanto eu trabalhava na sala de estar, ouvi um barulho alto na minha churrasqueira. Fui até o quintal e encontrei uma ratazana esborrachada sobre a grelha.

– Ei! Pare de jogar ratos no meu quintal! – gritei para o outro lado da cerca.

Não houve resposta. Peguei um jornal velho na lixeira e usei-o para pegar o cadáver do bicho e jogá-lo de volta para o outro lado da cerca.

– O que é isso, o que é isso? – ouvi meu vizinho gritar.

– Cara! Pare com isso! Já estou de saco cheio dessa história – gritei.

– Tudo bem. Merda. Esfria a cabeça, cara. Desculpe. Você não precisa me torpedear com esse negócio, cara.

Entrei, lavei as mãos e senti uma imensa sensação de realização. Claro, talvez fazer com que um cara parasse de jogar ratos mortos no meu quintal não estivesse exatamente no mesmo nível da construção de escolas para pobres crianças iraquianas, mas, naquele momento, pareceu-me algo significativo e revigorante. Sentei-me no computador, abri o Gmail e mandei uma mensagem para Amanda com o seguinte título: "Acabei de jogar um rato morto no meu vizinho."

NÃO ME OBRIGUE A IR MORAR NA SUA TERRA DA FANTASIA

Quando eu tinha 13 anos, papai invadiu meu quarto depois do jantar certa noite, enquanto eu fazia o dever de casa. Antes que eu pudesse baixar o lápis, ele falou:

– Você anda batendo muita punheta ultimamente.

– O quê? Do que você está falando? – guinchei.

– Calma. Estou cagando para isso. Que bom que você tem tempo para isso. Eu não tenho nem um segundo para mim mesmo. Mas tem duas coisas que você precisa saber: número um, eu vou cuidar das roupas pelos próximos meses porque sua mãe está estudando para o exame da ordem dos advogados; e número dois, vou ficar muito puto se botar a mão no cesto de roupa suja e encontrar uma toalha dura como um Dorito porque você resolveu seu assunto nela, está bem?

Ele continuou me fitando. Fiquei paralisado pelo choque e pela humilhação.

– Diga que está bem. Preciso ouvir uma confirmação verbal – disse ele.

– Tudo bem – falei, com a voz vacilante.

– Obrigado. Agora que já tratamos desse assunto infeliz, imaginei que seria uma hora quase apropriada para falarmos de outra coisa – prosseguiu.

– Mas eu não faço isso – me interpus.

– Vamos conversar como homens ou vou precisar ir morar na sua terra da fantasia?

– O que você ia dizer, pai?

– Claramente, seus hormônios estão disparando como um filhote de cachorro com dois paus. Mas não estou aqui para falar sobre mulheres. Existem três bilhões delas, e fazer generalizações sobre tanta gente com declarações vagas é a definição do que é ser um babaca. As mulheres são todas diferentes, por isso não quero lhe dar conselhos sobre elas. Mas me sinto bem qualificado para lhe dar conselhos sobre você mesmo.

– Tudo bem – suspirei.

– Ah, sinto muito. Estou lhe impedindo de chegar na hora na porra de uma reunião com o chefe de marketing ou coisa parecida?

Recostei na cadeira e pus os pés sobre a cama em sinal de rendição.

– Um dia, você vai conhecer uma boa mulher. E, se tudo der certo, se eu não tiver feito um péssimo trabalho como pai, você vai perceber. Mas eu nunca vi um ser humano pirar tanto quanto você na hora de tomar uma decisão. Toda vez que você vai escolher o prato do almoço, parece que está comandando a porra da crise dos mísseis de Cuba.

– Eu sou exigente com o que vou comer.

– Você é exigente com tudo. Provavelmente isso é culpa minha. Fiz o melhor que pude. Não vamos falar sobre esse assunto. O que me faz lembrar do tema da conversa. Um dia, alguma mulher vai deixar você bobo. E quando isso acontecer, me faça este favor: não se atrapalhe com tudo o que passar pela sua cabeça. Se estiver tudo certo, você vai agir que nem um homenzinho e vai correr atrás dela.

***

Doze anos depois, eu senti, pela primeira vez na vida, que a previsão de meu pai se realizara. Uma mulher estava me deixando bobo. Antes de conhecer Amanda, fiz um monte de bobagens *pelas* mulheres – como a vez em que emprestei meu carro para o irmão caçula de minha primeira namorada, que o usou para contrabandear mil dólares em Viagra comprados em Tijuana, do outro lado da fronteira com o México. Mas mesmo em outras ocasiões, quando eu estava envolvido com alguma garota, ela nunca se tornou a única coisa na minha cabeça. Com Amanda, tudo mudou.

No mês seguinte ao nosso encontro na exposição de arte, trocamos e-mails todos os dias. Escrevíamos sobre qualquer assunto, desde antigos relacionamentos, passando pelos principais times de beisebol, até especulações sobre que tipo de situação tornaria legítimo comer o cão da família. (Eu disse que seria o apocalipse; ela argumentou que eu nunca sobreviveria ao apocalipse por causa das minhas alergias. Então por que comeria meu único companheiro apenas para viver mais alguns dias sombrios?) Fiquei tão encantado por nossas conversas que me sentava à minha escrivaninha barata e bamba, no canto do quarto, e passava duas horas fazendo rascunho, reescrevendo e ajeitando e-mails gigantes – só para acordar no dia seguinte e encontrar a resposta dela. Não conseguia parar de pensar nela. Pensava no que ela estaria fazendo, no que estaria pensando, onde estaria *exatamente naquele momento*. Pensava em como seria namorar ou mesmo me casar com ela. Eu tinha ficado bobo. E nós estávamos apenas começando a nos conhecer.

Certa noite, depois de um mês de relacionamento virtual, fiquei deitado na cama pensando. Eu estava ficando louco. Será que ela consideraria se mudar para Los Angeles? E se ela não topasse? Percebi que precisava parar de pensar tanto nela. Minha obsessão não era nada saudável. E eu estava alimentando uma possível desilusão amorosa. Precisava pensar de forma crítica. Respirei fundo, tentei eliminar todos os medos e expectativas e me concentrar na pergunta mais lógica que eu poderia fazer a mim mesmo: como era possível que eu gostasse dela tanto assim? Vinte segundos depois já não estava mais transtornado; estava completamente apavorado.

Não mandei e-mail no dia seguinte. Era a primeira vez em um mês que deixava de escrever para ela. Se eu recuasse e colocasse alguma distância entre nós, imaginei, talvez pudesse me controlar e dominar melhor a situação. Além do mais, eu nem tinha certeza do que Amanda sentia por mim e já estava torcendo para que nossos filhos herdassem o nariz dela, e não o meu. No entanto, acabei não tendo a oportunidade de dar um tempo. No dia seguinte, Amanda me mandou a seguinte mensagem: "Eu adoraria que você viesse me ver em São Francisco neste fim de semana. Vou dar uma festa de Halloween. Vou me vestir como a Fergie, do Black Eyed Peas, depois que ela mijou nas calças em pleno palco. Estou avisando só para o caso de você ter a mesma ideia."

Os voos de Los Angeles para São Francisco custavam a partir de 100 dólares. Naquele momento, eu tinha 133 dólares na conta bancária. Sabia disso porque, quando o fim do mês se aproximava, eu verificava o extrato no computador todos os dias. Vivia com medo constante do meu saldo bancário. Sempre recebi o contracheque por volta do dia 1º de cada mês, o que em geral me fornecia basicamente o suficiente para pagar o aluguel – caso eu não perdesse nenhum turno de trabalho. Mas visitar Amanda com toda a certeza me faria perder algum. E, ao mesmo tempo, eu não conseguia ignorar meu desejo de vê-la.

Decidi fazer uma pesquisa na internet para ver se conseguia encontrar alguma passagem em promoção. Não encontrei. A mais barata saía por 150 paus, o que me deixaria com 17 dólares no negativo. Mas lá embaixo na página de busca do Google havia um anúncio de uma empresa chamada Megabus, que oferecia viagens de ida e volta, de Los Angeles para São Francisco, por um dólar, para as 10 primeiras pessoas que comprassem. Ainda havia uma disponível para o fim de semana seguinte. Comprei a passagem e mandei um e-mail para informar Amanda de que eu estava a caminho.

Naquela manhã de sábado, enfiei umas roupas na mochila e fui até Union Station, no centro de Los Angeles, onde encontrei um grande ônibus azul enfeitado com um porco gigante vestido com uniforme de motorista. Mostrei a passagem para o condutor, que grunhiu e fez um gesto para que eu escolhesse um assento. O ônibus era escuro e frio – e também um tanto úmido –, como o poço asqueroso onde o serial killer Buffalo Bill prendia suas vítimas em *O silêncio dos inocentes*. Os cerca de 40 assentos estavam praticamente vazios, a não ser pelos 10 ocupados por meus companheiros de viagem – todos parecendo estar fugindo de Los Angeles, e não exatamente partindo em visita a São Francisco.

Enquanto andava pelo corredor central para encontrar um lugar, um homem com uma camiseta sem manga e um olho inchado olhou para mim, levantou os pés e os colocou no assento a seu lado. Fui até o fundo do ônibus, me sentei a três fileiras do passageiro mais próximo e abri um livro. Pouco antes da hora de sair, um homem com um gorro de lã, carregando apenas uma vara de pescar, entrou no ônibus, caminhou até a parte traseira do ônibus e se sentou do meu lado. Pensei em me levantar para mudar de lugar, mas não queria que ele se sentisse insultado. E ele não parecia o tipo de cara que lidava bem com insultos.

Ficamos em silêncio durante as oito horas seguintes, lado a lado, a não ser pela parada de 10 minutos, quando estacionamos num Burger King na beira da estrada. Ele olhava fixamente para a frente, imóvel o tempo todo, com as mãos nos bolsos. Eu havia planejado dormir, mas não parava de ouvir o barulho de alguma coisa que ele remexia nas calças, e comecei a ter medo de não ser capaz de me proteger se aquilo fosse alguma espécie de arma e ele estivesse com vontade de esfaquear alguém – o que não parecia implausível.

Finalmente, por volta das cinco da tarde, a Transamerica Pyramid de São Francisco e a silhueta da cidade apareceram no horizonte. O pescador transferiu o peso do corpo e virou-se para mim pela primeira vez.

– Por que você está aqui? – perguntou com uma voz gutural.

– Você quer saber por que estou indo para São Francisco? Ou por que estou neste ônibus? – perguntei, recuando e me preparando para uma manobra defensiva.

– São Francisco.

– Vou visitar uma pessoa.

– Você gosta deste ônibus? – perguntou.

– Se eu gosto? Na verdade, não muito. E você?

– Paguei um dólar. Por um dólar eu deixaria que abusassem de mim neste ônibus – exclamou ele, irrompendo numa gargalhada incomodamente ruidosa, como se ele estivesse na plateia durante a gravação de um seriado bem antigo.

Amanda me dera instruções de como ir de metrô da rodoviária até sua casa. Depois de pegar o trem errado duas vezes seguidas, caminhei um tanto abalado até um antigo prédio de apartamentos no estilo vitoriano, perto do Castro. De porta a porta, eu levara 11 horas para chegar. Estava com um péssimo humor e com a aparência e o cheiro de um mineiro do século XIX que acabasse de viajar a São Francisco de navio para garimpar ouro. Minha cabeça latejava enquanto eu subia a escada até o segundo andar.

Quando bati, a porta se escancarou. Amanda agarrou-me com os dois braços e me apertou.

– Você está aqui! – exclamou, prendendo-me na entrada. – Como foi a viagem?

– Foi longa – respondi.

Ela pegou minha bagagem e me levou para ver o apartamento.

– Hum. Isso é horrível. Mas estou muito animada que você tenha vindo. Vou colocar as suas coisas no meu quarto. Precisamos arranjar bebida para a festa e imaginei que pudéssemos passar num brechó também, para você comprar alguma coisa para a sua fantasia. Teve alguma ideia no caminho?

– Não. Eu me sentei ao lado de um estuprador.

– O quê?

– Talvez ele não fosse... Eu não devia dizer isso. Ele só parecia um estuprador. De qualquer maneira, não pensei na fantasia.

– Ah. Bom... Tudo bem.

Amanda deixou minhas sacolas num pequeno quarto com paredes de gesso que parecia ter sido uma sala de jantar e agora era ocupado por uma cama bem arrumada e cheirosa – o contrário da minha situação no momento. Voltei pelo corredor até o único banheiro. Enquanto lavava as mãos e jogava água no rosto, comecei a pensar em como seria fazer aquela viagem várias vezes por mês. E então pensei em como estava duro. E naquele momento me ocorreu que, na última vez que eu verificara o saldo, havia esquecido de contabilizar o pagamento da conta de telefone, que estava no débito automático. Perguntei a Amanda se poderia usar rapidamente seu computador. Meu extrato online confirmou minha angústia: eu tinha 54 dólares na conta – dinheiro que deveria durar até o fim do mês –, e ainda precisava de uma fantasia de Halloween.

Também percebi que não estava causando uma boa impressão em Amanda. Precisava me animar – especialmente porque a fantasia dela era perfeita até na forma da mancha de urina na virilha, que reproduzia exatamente a foto da cantora que ela havia recortado de uma revista de celebridades. Eu deveria ficar empolgado por estar ali com Amanda, depois de todas aquelas semanas pensando nela. Mas na verdade estava tão consumido pelas preocupações financeiras que só conseguia pensar que nunca poderia arcar com as viagens e os turnos de trabalho perdidos – e que seriam necessários para que pudéssemos namorar, mesmo que eu estivesse disposto a pegar o ônibus de um dólar cheio de possíveis criminosos. Determinado a criar a fantasia mais barata possível, terminei comprando calças marrons de três dólares, uma camisa de dois dólares e uma vassoura de 30 centavos. Depois peguei um pouco de graxa da parte de dentro de um pneu na calçada da casa dela, esfreguei no rosto e me transformei num limpador de chaminés. Uma hora depois, o minúsculo apartamento estava entupido com uns 30 ou 40 convidados.

Durante as duas horas seguintes permaneci calado ao lado de Amanda enquanto ela circulava, conversando com todos os amigos. Era como se fosse meu primeiro dia num emprego e eu estivesse seguindo meu supervisor. O lugar estava lotado. O som de rap dos anos 1990 ressoava a todo volume na pequena sala de estar que fora transformada numa apinhada pista de dança. Apesar do barulho e da multidão, Amanda se esforçava ao máximo para me apresentar a seus amigos e garantir que eu me divertisse. E, como um completo babaca egocêntrico, eu não estava ajudando de maneira nenhuma.

– As pessoas gostaram da sua fantasia – disse Amanda, servindo vodca em dois copos plásticos vermelhos.

– O quê? Quem disse isso? – perguntei.

– Ah, você sabe, algumas pessoas na festa.

– Ninguém disse nada, não é?

– Não. Mas eu captei isso no ar.

Ser apresentado aos amigos de uma namorada em potencial é como jogar pôquer. É preciso ler cada um deles e, em seguida, colocar na mesa a quantidade adequada de conversa. Se você for com tudo para cima de alguém que só queria dizer oi, corre-se o risco de parecer insistente e desesperado. Se cruzar os braços e permanecer em silêncio ao ser apresentado à melhor amiga tagarela, pode parecer esquisito e antissocial. E se ficar com uma cara de "Não se aproxime de mim", todo mundo se fecha. Era isso o que estava acontecendo comigo. Eu estava cansado e nervoso, o ambiente era barulhento e eu tentava me desfazer de todas as fantasias que me consumiram naquelas últimas semanas. Eu estava fracassando e Amanda percebia.

Depois de um tempo, ela agarrou meu braço e me puxou em direção à pista de dança. Mas naquele exato momento senti que o sanduíche de frango do Burger King que eu comera durante a parada de ônibus subitamente ganhava vida. Ele queria sair. E queria sair naquele instante. Infelizmente não parecia querer sair pelo mesmo lugar por onde entrara. Se eu botasse tudo para fora, poderia culpar o álcool ou alguma comida estragada. Acontece. É comum que as pessoas vomitem em festas. Mas ninguém costuma ter uma diarreia incontrolável.

Amanda tentou me puxar para junto dela, mas não me mexi.

– Vamos dançar – gritou ela.

– Eu, hum... acho que preciso usar o banheiro – falei.

– Você sabe onde fica, não é?

– Sei. Já volto.

Percorri o corredor depressa. A cada passo, minha necessidade de utilizar o vaso sanitário aumentava exponencialmente, da mesma maneira que os terremotos ficam 10 vezes mais devastadores a cada décimo de ponto na escala Richter. Abri a porta do banheiro e encontrei um homem fantasiado de Gandalf, de *O senhor dos anéis*, de costas para mim, mijando. Fechei a porta rapidamente e voltei correndo para junto de Amanda, que estava dançando com alguns amigos. Puxei-a para o lado.

– Seu banheiro tem tranca na porta? – berrei.

– Não. Basta fechar. Ninguém vai entrar, eu prometo.

– Então não há como trancá-la? – perguntei, começando a entrar em pânico.

– Bem, não há. Por quê? O que houve?

– É só que... não estou me sentindo bem e meio que preciso passar um tempinho lá, e realmente ninguém pode entrar. Você tem uma cadeira ou algo assim que eu pudesse pegar emprestado para deixar a porta fechada?

– Cadeira? Você quer fazer uma barricada para manter a porta fechada?

– Só não quero que ninguém entre.

– Não acho que alguém vá entrar, mas, se você está tão preocupado, eu posso ficar diante da porta e tomar conta – disse ela.

– Estou falando alguma coisa muito esquisita?

– Está, sim. Isso é muito esquisito.

– Sinto muito. Mas você poderia fazer isso?

Ela assentiu e eu dei meia-volta no mesmo instante, abrindo caminho pelo meio de um grupo de garotas fantasiadas como uma embalagem de seis latinhas de Budweiser. Lancei-me na direção do banheiro, com Amanda logo atrás. Alcancei a porta e me virei, encontrando-a bem atrás de mim.

– Boa sorte. Estamos torcendo por você – disse ela, segurando o riso.

Forcei um sorriso, mas não havia tempo para desperdiçar. Entrei no banheiro e, rápido como um raio, fui para o vaso. E foi ali que permaneci pelos 10 minutos seguintes, enquanto meu corpo exprimia, sem a menor sombra de dúvida, seu desprazer com a parada no Burger King.

Enquanto eu me aliviava, comecei a pensar em tudo o que havia me conduzido àquele ponto. Estava duro. Detestava viajar. Mal conhecia Amanda. Apesar disso, por alguma razão, eu permitira que nosso relacionamento assumisse proporções irreais e me convencera de que as coisas poderiam funcionar com ela. Pelo simples fato de ter vindo vê-la, eu já estava alimentando falsas expectativas. Para ser justo com ela, eu precisava acabar com aquilo.

Assim que terminei e estava levantando as calças, ouvi a maçaneta da porta sacudir.

– Não, não! Tem gente aí dentro – ouvi a voz abafada de Amanda.

– Então você está na fila? – perguntou-lhe outra voz.

– Hum... é.

Ela não precisava ir ao banheiro. Provavelmente decidiu que isso seria menos humilhante que dizer: "Não, estou tomando conta da porta para um cara enquanto ele caga." Mas agora ela teria de entrar depois de mim – o que seria, depois da minha sessão, muito, muito pior do que se um desconhecido entrasse enquanto eu ainda estivesse lá dentro.

Lavei as mãos rapidamente, peguei uma caixa de fósforos e acendi três, numa sucessão rápida e desesperada. Entreabri a única janela o máximo que ela permitia, com a força de alguém que tenta arrebentar as dobradiças. Depois abri a porta do banheiro, onde Amanda aguardava – junto com outras três pessoas.

Enquanto ela entrava, lancei-lhe um olhar que dizia "sinto muito mesmo". Fiquei esperando do lado de fora. Um minuto depois, ouvi o som da descarga e Amanda reapareceu com a expressão aturdida de um policial iniciante que deixa sua primeira cena de homicídio.

Para tornar tudo pior, quando o sujeito que era o próximo da fila entrou no banheiro, ele soltou um sonoro "Uau!". As duas pessoas que esperavam lançaram olhares acusadores para Amanda.

Percorremos o corredor e voltamos para a festa.

– Vamos ali fora um segundo? – gritei, para que ela pudesse me ouvir apesar da música.

Fomos para uma pequena sacada que contemplava um pátio 10 metros abaixo, emporcalhado com pontas de cigarro.

– Você me deve uma. Uma, não: várias! Neste momento tem gente por aí pensando que eu fiz – sem querer ofender – uma enorme cagada bem no meio da festa que eu organizei. Fui muito além da conta naquela situação – disse ela.

– Sinto muito mesmo. Posso dizer a eles que fui eu.

– Claro, até parece que isso tornaria as coisas menos esquisitas! – exclamou ela, rindo.

– Mais uma vez, eu sinto muito mesmo. O que eu poderia fazer para compensar?

– Que tal relaxar um pouquinho para a gente se divertir?

Isso não parecia realmente possível e, apesar de não parecer o melhor momento para abordar o medo de que um relacionamento entre nós pudesse não dar certo, seria pior ainda fingir que estava tudo bem. Eu nunca tinha sido muito bom nisso, aliás.

– Acho que eu queria falar com você sobre isso – falei.

– Sobre o quê? – perguntou ela.

– Sei que estou agindo de maneira meio esquisita desde que cheguei aqui... Quer dizer, andei pensando que você mora em São Francisco e eu em Los Angeles, que nós somos duros, e que está claro que eu não lido bem com viagens, como você acabou de testemunhar e... Não sei...

Interrompi a frase de forma covarde, esperando que ela concluísse o pensamento por mim.

– Então não vai dar certo – disse ela de uma forma natural.

– Bem, essa é a minha preocupação.

– Certo. Pode dar errado. Mas também pode dar certo. Não conheço você tão bem assim, mas gosto muito do que eu conheço e foi por isso que eu quis que você viesse para cá. Você sente o mesmo por mim?

Eu não fizera aquela pergunta a mim mesmo nenhuma vez nas últimas horas. Na verdade, eu já havia feito todas as perguntas que eu poderia conceber. Havia me concentrado em tudo o que dificultaria nosso relacionamento, mas evitara aquilo que me levara ali em primeiro lugar. Ouvi-la perguntar diretamente como eu me sentia em relação a ela eliminou todas as minhas ansiedades. A resposta para a pergunta apareceu na minha cabeça como se tivesse acabado de escapar de uma jaula.

– Sinto, sim. Eu também gosto mesmo de você. Foi por isso que vim.

– Tudo bem. Então por que a gente não fica se encontrando até não querer mais e, se as outras coisas forem difíceis demais de superar, acho que teremos que lidar com isso. Não estamos tomando nenhuma decisão importante.

– Concordo com você. Desculpa. Eu meio que pirei. Sou muito neurótico – afirmei.

– É, eu percebi isso quando você pediu que eu tomasse conta da porta, enquanto você cagava – disse ela.

Curvei-me para beijá-la, mas ela recuou.

– Não, não. Estou com gosto de bebida e de comida tailandesa. Supernojento. A gente fica depois – disse ela, e a gente voltou para dentro e foi para a pista de dança.

Me senti leve pela primeira vez naquela noite. Estava simplesmente feliz por ficar perto de Amanda – e mais feliz ainda por ela querer ficar perto de mim. Começou a tocar o início de "Jump Around", do House of Pain, e Amanda me segurou.

– A lei diz que todos precisam dançar esta música. Ah, e para seu conhecimento, eu disse a todo mundo que a gente está namorando – falou, enquanto me puxava para junto de si.

Quatro anos depois, eu me sentei diante do meu pai num restaurante no porto de San Diego e lhe disse que me comportaria como um homenzinho: pediria em casamento a primeira e única mulher que me deixou bobo.

VOCÊ SABE O QUE FAZ DE ALGUÉM UM CIENTISTA DE MERDA?

Nos quatro anos que se passaram desde que Amanda e eu ficamos juntos pela primeira em sua festa de Halloween em São Francisco, viajamos de ônibus, de avião, terminamos uma vez, fizemos as pazes. Passamos um Natal na casa dos meus pais, quando papai lhe contou uma história de 20 minutos sobre o "pênis mais doente" que ele vira em 48 anos de medicina, e um Dia de Ação de Graças na casa dos pais dela, onde contei como meu pai contara aquela história *para ela* – o que se mostrou igualmente inapropriado. Assistimos ao canal Home & Garden Television por mais de 2 mil horas. Fomos a alguns enterros, a diversos casamentos e passamos por pelo menos mais três ocasiões sinistras em que ela precisou vigiar a porta do banheiro para mim.

Agora morávamos juntos num pequeno apartamento de um sonolento bairro em San Diego chamado North Park. Ela fazia doutorado em San Diego e eu estava numa entressafra de roteiros para seriados ruins. Quando você vai morar com alguém, não dá para esconder todas as coisas esquisitas e irritantes que você faz. Embora, às vezes, a revelação dessas pequenas coisas arruíne o relacionamento, em geral ela sela o compromisso. É como ser um carnívoro convicto e receber de um amigo vegetariano um daqueles vídeos com cenas do que acontece num matadouro. Se você conseguir superar aquilo, provavelmente vai ser carnívoro pelo resto da vida.

Amanda e eu descobrimos que nós formávamos uma ótima dupla. Quando eu ficava neurótico demais, sua lealdade franca, confiante e resoluta me devolvia a sanidade, como quando ela dizia: "Faça o que você achar certo e eu vou sempre apoiar você. Só não venha me dizer que acha certo ficar com outra garota. Porque aí vou esfaquear os dois e ir para a cadeia." Quando ela ficava estressada por se fazer cobranças exageradas em relação ao sucesso, eu estava ali para fazê-la rir e dizer: "Ainda vou amá-la se você for um fracasso. Mas amarei um pouco menos."

Depois de alguns meses morando juntos, começamos a falar sobre casamento. Assim que isso aconteceu, percebi que casar com Amanda era algo que eu queria mesmo fazer, e não apenas o óbvio passo seguinte. Confiante, concebi um plano para fazer o pedido e comprei uma aliança de noivado. Mas quando finalmente segurei o anel, fiquei impressionado com a magnitude daquilo que eu estava prestes a fazer e a ansiedade voltou a tomar conta de mim. Quando convidei papai para almoçar no Pizza Nova, eu ainda não havia contado meus planos a mais ninguém. Estava procurando o apoio da única pessoa que eu achava que me daria uma resposta direta. Depois do almoço segui seu conselho e passei a tarde no Parque Balboa, pensando nas minhas experiências com amor e sexo, na esperança de ficar mais seguro em relação à minha decisão.

À medida que examinava meu passado, o que me chamou mais a atenção era que eu passara a maior parte do tempo tentando não estragar meus relacionamentos. Era como um jogador de futebol americano na reserva, feliz por estar no banco segurando a prancheta e usando o capacete, mas assustado demais para entrar em campo e jogar. Lá no parque, percebi quanto isso não prestava. Durante anos fiquei tão ocupado me

162

preocupando se poderia fazer ou dizer algo estúpido – como desenhar um cachorro cagando na cabeça de uma menina – que nunca me diverti.

Com Amanda, eu estava finalmente me divertindo. E não era como se eu tivesse decidido de maneira consciente parar de me preocupar. Ela me deixava à vontade e meu desejo de desfrutar meu tempo com ela superava todos os medos que em geral passavam por minha cabeça. Era a única pessoa que fazia com que eu me sentisse calmo e confiante, como um dos caras nos filmes da série *Onze homens e um segredo* – e não estou falando daquele sujeito com o cabelo enrolado que só está ali porque é bom com números. E, ao deixar o parque seis horas depois, enquanto o sol se punha, eu sabia que queria me casar com Amanda. Também sabia que deveria ir embora logo, antes que o segurança resolvesse que esse sujeito vagando sem rumo pudesse ser alguma espécie de esquizofrênico ou pedófilo.

Amanda estava visitando São Francisco naquele fim de semana. Eu tinha planejado surpreendê-la no domingo, num restaurante que servia brunch no distrito Mission, onde eu faria o pedido. Para honrar minha reserva às 10h30, eu reservara um assento no voo das sete, o que queria dizer que eu precisava acordar às cinco. Naquela noite, pus o celular na tomada para carregar a bateria, depois programei dois alarmes nele: um para as 5h e outro para as 5h10 – por segurança, caso eu não ouvisse o primeiro. Então fui para a cama.

Quando acordei no meio da noite para usar o banheiro, descobri que estava sem luz. Tateei no escuro e peguei o telefone. Era pouco depois de uma da madrugada e meu celular tinha apenas um traço de bateria. Eu precisava ir para algum lugar onde pudesse carregar o telefone e ter certeza de que o alarme me despertaria. Levantei da cama, peguei o estojo da aliança sobre a cômoda, vesti uma calça social e uma camisa azul-clara de botões que eu separara na noite anterior e saí.

Vinte minutos depois, parei na entrada da casa dos meus pais. Percorri o caminho estreito da entrada da forma mais silenciosa possível, enfiei a chave na fechadura e abri a porta de maneira desajeitada. Estava completamente escuro no interior. Dobrei à direita para entrar na sala de estar, com as mãos à frente do corpo para evitar esbarrar em alguma coisa.

– É melhor que você seja da porra da família – ouvi meu pai dizer, de algum ponto de aposento.

– Sou eu! É o Justin! – exclamei, com o coração na garganta.

De repente um abajur se acendeu. Meu pai estava sentado em sua poltrona, vestindo seu moletom casual (cinza, sem listras) e segurando uma caneca cheia de chocolate quente. Dava para sentir o cheiro do outro lado do cômodo.

– Desculpe. Não sabia que tinha alguém acordado – disse.

– Você compreende que eu sou um filho da puta maluco que possui uma escopeta e que detesta figuras sombrias caminhando pela porra da casa?

– Sinto muito. Achei que todo mundo estivesse dormindo. Estava tentando não acordar ninguém.

– Bem, e que diabos você está fazendo aqui, filho?

Expliquei para ele sobre a falta de luz e sobre a necessidade de carregar o celular para que o alarme soasse e eu acordasse a tempo do voo para São Francisco, para que eu pudesse ir até Mission e...

– Tudo bem, tudo bem. Não preciso que você faça a porra de um monólogo – disse ele. – Deite-se no sofá, carregue o celular, ponha o alarme e eu garanto que você vai acordar na hora. Ainda lhe darei uma carona para o aeroporto.

Ele deu um último gole no chocolate quente e desceu o corredor para ir para o quarto. Liguei o telefone na tomada mais próxima, tirei a calça e a camisa para não amarrotá-las, deitei no sofá, fechei os olhos e adormeci.

164

Acordei com meu pai de pé diante de mim, com a mesma roupa, dando goles na mesma caneca – que agora estava cheia de café. Segurava um livro grosso.

– Hora de ir – disse ele, cutucando meu rosto com o livro.

– Eu não ouvi o alarme? – perguntei, ainda sem estar totalmente desperto.

– Não faço a menor ideia.

– Que horas são? – perguntei, esfregando os olhos.

– Quatro da madrugada.

– Pai, botei o alarme para tocar às 5h30. Estou muito cansado – respondi, fechando os olhos e me virando para o outro lado.

– Bobagem. Está tudo na sua cabeça. Na escola de medicina eu costumava dormir uma hora por noite e acordava no dia seguinte pronto para fazer um maldito parto.

– Isso me parece muito irresponsável – falei, cobrindo a cabeça com a camiseta, na esperança de que ele me deixasse em paz.

– Levante-se! Fiz café da manhã – disse ele, acionando o interruptor e fazendo com que a luz invadisse as minhas pálpebras.

Não havia possibilidade de que ele me deixasse dormir mais um pouco, então me sentei e, ainda tonto, fui até a mesa do café da manhã, onde se encontravam dois pratos, cada um com umas 10 tiras de bacon e uma torrada de pão integral. Papai me entregou uma caneca com café fumegante, depois se sentou na minha frente e abriu o livro com que havia me cutucado – uma volumosa biografia de Harry Truman. Ficou lendo em silêncio enquanto, periodicamente, levava uma tira de bacon aos lábios. Depois de cerca de um minuto, eu não conseguia mais aguentar aquilo.

– Você me acordou para tomar café e não quer falar nada? Você só quer... comer em silêncio? – perguntei.

– Parece uma boa ideia – disse ele, sem tirar os olhos do livro.

– Pois bem – prossegui. – Segui o seu conselho e passei o dia inteiro no parque pensando no pedido de casamento.

– Deve ter dado certo, pois você vai em frente com o plano – balbuciou ele, virando uma página e prosseguindo com a leitura.

– Deu certo. Tenho 100% de certeza. É ela. É isso aí.

Ele virou a cabeça, tirando os olhos do livro, e me fitou, com as sobrancelhas formando uma única linha, o que fazia com que parecessem uma centopeia arrastando-se por sua testa.

– Isso é uma imensa babaquice – disse ele, fechando o livro e pousando-o sobre a mesa.

– O quê? Não é, não.

– Você tem 100% de certeza de que esse casamento vai dar certo? – perguntou ele.

– Que tipo de pergunta é essa?

– Você sabe o que faz de alguém um cientista de merda?

– Não sei, não. E não quero saber. Não importa. Não quero ter essa conversa neste momento – retruquei.

– Por obséquio, acalme-se e coma a porra do bacon.

Afastei o prato uns dois centímetros, recostei-me na cadeira e cruzei os braços de forma desafiadora. Como se me recusar a comer mais bacon ajudasse a enfatizar meu desagrado.

– Um cientista de merda faz uma experiência determinado a obter um resultado específico.

– E não é o que todos os cientistas fazem? Não é isso o que chamam de hipótese? – respondi.

– O quê? Não. Que porra é essa? Meu Deus. Merda de escola pública. Uma hipótese é quando um cientista diz "Isso é o que eu acho que *pode* acontecer".

– Certo.

– Mas quando você começa uma experiência e está absolutamente seguro de que está certo, o experimento inevitavelmente dá merda, porque você não está preparado para o inesperado. Aí quando alguma coisa maluca acontece – e sempre acontece –, você não vê ou finge que não aconteceu, porque você se recusa a acreditar que deu merda. E você sabe o que isso causa?

– Arruína a sua experiência?

– Bingo! Então a única forma de fazer um experimento bem-sucedido é começar aceitando o fato de que ele pode fracassar.

Fiquei em silêncio, digerindo o que havia acabado de ouvir.

– Estou dizendo que com o casamento é a mesma coisa – acrescentou.

– É, captei.

– Bom, puta que pariu, você não sabia o que era uma hipótese. Só estava tentando ter certeza de que você tinha entendido a analogia.

– Então como você garante que o casamento não vai dar errado? – perguntei.

– Não faço a mínima ideia. Eu apenas tento me lembrar de que encontrei alguém que parece apreciar toda a merda que vem como consequência de estar casada comigo. Por isso, imagino que provavelmente tenho que ser gentil. E também não entro no banheiro e cago quando ela está tomando banho.

– Estou feliz com a ideia do pedido de casamento – falei.

– Que bom, você deveria estar mesmo. Ela é uma ótima mulher – respondeu ele.

– Detesto quando você diz isso. Parece que está falando de um cavalo.

Ele riu.

– Vá tomar um banho para não feder como um gambá quando estiver pedindo sua futura esposa em casamento – Então, ele pegou o livro sobre Harry Truman e voltou a ler.

Uma hora e meia depois, meu pai parou seu carro na área de embarque do aeroporto internacional de San Diego. Ainda estava escuro.

– Obrigado pela carona – agradeci, ao sair do carro.

– De nada. A última coisa que vou dizer: tente não suar demais quando fizer o pedido. É desconcertante – é um sinal evolucionário de fraqueza. Vai atingi-la num nível inconsciente.

– Hum. Tudo bem.

Fechei a porta do carro e ele partiu.

Entrei no aeroporto e passei pelo check-in na maior tranquilidade, pois não tinha bagagem de mão. Quando cheguei na segurança, coloquei apenas duas coisas no recipiente plástico, para serem examinadas: o celular e a caixinha preta com a aliança. A robusta agente que fazia a revista parou e disse: "Olhe. Só. Para. Você. Garoto!" e começou a bater palmas.

Embora eu estivesse um pouco abalado por meu pai ter insistido que a única forma de fazer um casamento dar certo é aceitando que ele pode não dar certo, minha ansiedade estava ficando para trás e minha empolgação só aumentava enquanto eu me dirigia para o terminal. Pedir Amanda em casamento seria um dos gestos mais importantes e mais ousados da minha vida – um imenso salto para um adolescente desajeitado que passava as noites de sexta-feira assistindo a filmes de ação dos anos 1980, em vez de ir para festas; um integrante da Liga Mirim que enterrou montes de páginas de revista de sacanagem no quintal, num esforço insano para ver sua primeira mulher nua. Eu era um desastre com as mulheres. Sempre fui. Mas agora tudo estava prestes a mudar, e isso transformava todos os momentos patéticos do meu passado em bobagens das quais eu podia rir – como aquelas sequências de erros de gravação que aparecem no final de alguns filmes. Eu não podia mais esperar para pedi-la em casamento, tirar a aliança do estojo e deslizá-la em seu dedo.

O que não passou pela minha cabeça até que me acomodei num assento de corredor e começamos a taxiar rumo à pista de decolagem era que eu não tinha a mínima ideia de *como* faria o pedido. Já tinha visto cenas parecidas em centenas de filmes, quando o sujeito se ajoelha, olha a namorada nos olhos e faz um discurso eloquente sobre todos os motivos que ele tem para amá-la e para desejar que ela seja sua esposa. Depois ela chora, eles se beijam, o amigo gay dela diz alguma coisa espirituosa e a amiga atrevida e cínica, que dorme com todo mundo, cai no choro.

Eu queria fazer diferente. Mas deu um branco. E fiquei assim durante toda a viagem de 1h40 pela costa da Califórnia. E permaneci desse jeito durante os 40 minutos no metrô. E depois que desembarquei e caminhei pelo distrito de Mission, cheio de pedestres, taquerias e pequenas lojas de roupas, quando percebi que tinha apenas mais alguns quarteirões até chegar ao restaurante. Minha empolgação tinha se transformado em nervosismo puro e simples, e todos aqueles medos irracionais voltaram a me invadir.

E se ela disser não diante de todas aquelas pessoas no restaurante? Por que diabos escolhi fazer isso num lugar lotado? E se ela disser não e alguém fizer um vídeo e colocar no YouTube: "Um completo fracassado estraga o pedido de casamento"? Talvez não pusessem "completo". Soaria grosseiro. Mas e se puserem "careca"?! Por que estou preocupado com isso? Existem milhões de vídeos no YouTube. Ninguém vai ver. Talvez eu deva falar baixo para que não consigam uma boa qualidade de áudio. Eu me tornei uma pessoa insana. Preciso me acalmar...

Quando finalmente deparei com as grandes portas duplas e negras do restaurante, o suor começava a escorrer pelo meu rosto, o que deve ter parecido particularmente alarmante, pois fazia 10ºC lá fora. Uma recepcionista pálida com uma longa franja negra se aproximou:

– Posso ajudá-lo? – usava o tom que a gente usa quando espera que a pessoa dê meia-volta e vá embora.

– Oi. Eu devo pedir a mão de alguém em casamento? – falei.

– Hum. Ok...

– Desculpe... quer dizer, eu tenho uma reserva, ou melhor, acho que eu tenho. Ou deveria ter...

– Espere aí, você é o Justin? – perguntou outra funcionária, mais simpática, que estava atrás do balcão do bar.

– Sim, sou eu – respondi, secando o suor da testa.

– Venha por aqui – disse ela.

Levou-me para uma movimentada área ao ar livre, onde estavam dezenas de clientes apreciando suas iguarias, e depois para um cômodo com paredes de gesso que lembrava uma minigaleria de arte. Estava vazio, a não ser por um canto onde três garçons dobravam guardanapos e tagarelavam. Ela pegou uma cadeira de madeira e a posicionou exatamente no meio do salão vazio, como se fosse uma obra de arte em exposição.

– Muito bem. Boa sorte! – disse ela, e depois foi embora.

Sentei-me na cadeira no meio da sala com os garçons me fitando e olhei para o telefone. Eram 10h20. Reparei que a mão que segurava o telefone tremia. Sabia que estava sendo irracional. Era Amanda, a garota que me disse certa vez: "Você é meu Brad Pitt. E não aquele Brad Pitt esquisito da época em que ele deixou a barba crescer por algum motivo". Se eu pudesse apenas pensar em algo para lhe dizer, talvez conseguisse me acalmar.

Tudo bem, pensei, *quando ela aparecer, não vou me ajoelhar de jeito nenhum e dizer um monte de clichês. Amanda detesta esse tipo de coisa tanto quanto eu. Vou apenas me aproximar e lhe dizer exatamente como me sinto, quanto ela significa para mim e perguntar se ela quer casar comigo. Aí, se ela recusar, vou estar de pé e poderei sair deste restaurante de cabeça erguida.*

Então ouvi vozes. Levantei os olhos e vi Madeleine, amiga de Amanda, entrar no salão, seguida por Amanda, que usava um vestido verde-limão que se ajustava perfeitamente às formas de seu corpo. Ela entrou, olhou bem para mim e desviou o olhar, como se não tivesse me visto.

– Por que a gente não pode esperar pela mesa ali na... Ai, meu Deus! – exclamou ela, voltando-se para mim.

Todos os meus planos de ficar de pé foram esquecidos. Eu me ajoelhei, retirei o estojo da aliança do bolso e balbuciei:

– Você quer se casar comigo? Eu amo você.

– Quero – respondeu Amanda, começando a chorar.

Ela ainda estava de pé a pouco mais de um metro de mim. Me levantei, cheguei perto dela e lhe dei um beijo. Ela me apertou e encostou o rosto em meu peito.

– Você está suado demais – disse ela, rindo enquanto as lágrimas desciam pelo rosto.

Toda a insanidade e as neuroses que tomaram conta do meu cérebro desapareceram na mesma hora. Eu estava com um sorriso tão grande que parecia impossível, como se eu fosse o sujeito segurando o bilhete premiado no anúncio da loteria estadual.

Depois de um minuto, ela finalmente me soltou, levantou na ponta dos pés e tornou a me beijar. Então também dei um abraço em Madeleine, a amiga, assim como na recepcionista, que apareceu para nos levar até a mesa – embora ela não parecesse necessariamente desejar aquele abraço.

Antes de nos sentarmos, Amanda quis telefonar para seus pais. Resolvi ligar para os meus também.

– Alô? – ouvi meu pai dizer.

– É o Justin – respondi.

– Ah, oi, meu filho. O que aconteceu?

– Eu consegui! – falei.

– O quê? – perguntou.

– Pedi Amanda em casamento. Ela aceitou! – respondi.

– Caramba, que ótimo! Que bom para você, filho. Parabéns. Fico feliz que tudo tenha dado certo. Você parecia um pouco nervoso hoje de manhã. Teve um momento em que achei que seus colhões seriam engolidos pelo seu cu – disse ele.

– Quase!

– Bem, boa notícia. Agora você tem mais alguém para deixar pirado além de mim. Seja bem-vindo à vida de casado, filho.

AGRADECIMENTOS

Este livro não seria possível sem o apoio de tantos amigos. Para aqueles que apareceram no livro, obrigado por terem desperdiçado tanto tempo me ajudando a lembrar exatamente o que aconteceu. Seria impossível contar com todos os detalhes sem a ajuda de Ryan Walter, Danny Phin, Aaron Estrada e Jeff Cleator.

Obrigado a meu pai, que leu todos os capítulos antes de todo mundo e deixou bem claro quando achava que eles eram "um monte de bobagens". Obrigado a minha mãe e meus irmãos, Dan, Evan e Jose, pelo apoio constante durante todo o processo.

Agradeço também a vários amigos que sempre estiveram dispostos a me ajudar, fosse lendo um rascunho ou conversando sobre um problema: Cory Jones, Lindsay Goldenberg, Patrick Schumacker, Brian Warner, Brian Huntington, Robert Chafino, Mike Lisbe, Nate Reger, Katie Des Londes, Laura Moran, Brendan Darby, Zack Rosenblatt, Dan Rubin, Lon Zimmet, Robin Shorr, Heather Hicks, Jason Ervin, Casey Phin, Greg Szalay, Scott Satenspiel, George Collins, Chris Von Goetz e Madeleine Amodeo. E um agradecimento superespecial para Byrd Leavell, que é incrível. Agradeço a meu editor na HarperCollins, Calvert Morgan, que sanou todos os meus vícios de escrita. E a toda equipe da editora, Kevin Callahan, Michael Barrs e Heidi Metcalfe.

Obrigado a Kate Hamill, que vem editando todas as palavras deste livro nos últimos dois anos. Ela é inacreditavelmente talentosa e incansável, e é responsável por transformar este volume em algo de que eu posso me orgulhar. Não teria conseguido concluir este processo sem ela.

Finalmente, agradeço à minha esposa, Amanda. Ela é a melhor parceira que eu poderia desejar e, sem ela, eu não teria sequer sentido vontade de escrever este livro. Amanda, obrigado por deixar que eu a levasse à beira da loucura enquanto escrevia. Lembre-se apenas de que, mesmo quando eu estiver velho e decrépito, sempre levarei um copo de água para você antes de ir para a cama. Amo você.

CONHEÇA OUTRO TÍTULO DO AUTOR

Meu pai fala cada uma

Aos 28 anos, depois de ser dispensado pela namorada, Justin Halpern volta a morar com o pai, Sam Halpern, de 73 anos. Na infância, Justin morria de medo dele, tão mal-humorado, direto e desbocado que beirava a grosseria.

Agora, já adulto, ele passa a admirar a mistura de franqueza e insanidade que caracteriza os comentários e a personalidade do pai, que considera "sábio como Sócrates e até mesmo profético".

Disposto a registrar a sabedoria contida nas tiradas de Sam, Justin cria uma página no Twitter para reunir suas frases malucas e observações ridículas. Em pouco tempo, os devaneios filosóficos do médico aposentado conquistam mais de um milhão de seguidores.

O fenômeno da internet dá origem a um dos livros mais engraçados dos últimos tempos. Tomando como base as pérolas do pai, o filho recria com brilhantismo as memórias da infância e da juventude.

Extremamente divertido e inspirador, *Meu pai fala cada uma* traça um retrato profundo da relação pai e filho e aborda os grandes temas da vida: medo, amigos, estudo, namoro, esporte, família. Uma lição de integridade, amizade e amor. Sem papas na língua.

CONHEÇA OS CLÁSSICOS DA EDITORA SEXTANTE

1.000 lugares para conhecer antes de morrer, de Patricia Schultz

A História – A Bíblia contada como uma só história do começo ao fim, de The Zondervan Corporation

A última grande lição, de Mitch Albom

Conversando com os espíritos e *Espíritos entre nós*, de James Van Praagh

Desvendando os segredos da linguagem corporal e *Por que os homens fazem sexo e as mulheres fazem amor?*, de Allan e Barbara Pease

Enquanto o amor não vem, de Iyanla Vanzant

Faça o que tem de ser feito, de Bob Nelson

Fora de série – Outliers, de Malcolm Gladwell

Jesus, o maior psicólogo que já existiu, de Mark W. Baker

Mantenha o seu cérebro vivo, de Laurence Katz e Manning Rubin

Mil dias em Veneza, de Marlena de Blasi

Muitas vidas, muitos mestres, de Brian Weiss

Não tenha medo de ser chefe, de Bruce Tulgan

Nunca desista de seus sonhos e *Pais brilhantes, professores fascinantes*, de Augusto Cury

O monge e o executivo, de James C. Hunter

O Poder do Agora, de Eckhart Tolle

O que toda mulher inteligente deve saber, de Steven Carter e Julia Sokol

Os segredos da mente milionária, de T. Harv Ecker

Por que os homens amam as mulheres poderosas?, de Sherry Argov

Salomão, o homem mais rico que já existiu, de Steven K. Scott

Transformando suor em ouro, de Bernardinho

INFORMAÇÕES SOBRE OS
PRÓXIMOS LANÇAMENTOS

Para saber mais sobre os títulos e autores
da EDITORA SEXTANTE,
visite o site www.sextante.com.br
ou siga @sextante no Twitter.
Além de informações sobre os próximos lançamentos,
você terá acesso a conteúdos exclusivos e poderá
participar de promoções e sorteios.

Se quiser receber informações por e-mail,
basta cadastrar-se diretamente no nosso site.

Para enviar seus comentários sobre este livro,
escreva para atendimento@esextante.com.br
ou mande uma mensagem para @sextante no Twitter.

EDITORA SEXTANTE
Rua Voluntários da Pátria, 45 / 1.404 – Botafogo
Rio de Janeiro – RJ – 22270-000 – Brasil
Telefone: (21) 2538-4100 – Fax: (21) 2286-9244
E-mail: atendimento@esextante.com.br